U0449095

旋转木马鏖战记

回転木馬のデッド・ヒート

Haruki Murakami

［日］ 村上春树 著

林少华 译

上海译文出版社

目录

人生是徒劳的吗	001
序·旋转木马鏖战记	001
背带短裤	*001*
出租车上的男人	*017*
游泳池畔	*035*
献给已故的公主	*055*
呕吐一九七九	*073*
避雨	*091*
棒球场	*111*
猎刀	*128*

人生是徒劳的吗

村上春树以现实主义手法创作的小说，长篇中只有《挪威的森林》，短篇集中只有《旋转木马鏖战记》。这部短篇集是在《挪威的森林》（1987）之前的1985年出版的，作为手法可以说是《挪威的森林》的前奏。村上春树后来自己也承认如果没有这次实践，恐怕永远不可能写出《挪威的森林》那部现实主义长篇。不用说，现实主义并不意味内容实有其事。以这部短篇集而言，尽管作者在随笔式序言中煞有介事地交待说"这里收录的文章原则上是与事实相符的"，作为主要内容"既没有夸张以求有趣之处，又不曾添枝加叶"，但这终究是写小说的一种策略，实际上纯属虚构，没有哪个主人公实有其人。归根结底，现实主义作品所在意的只是"现实性"而非现实。而且现实性也要——如村上在序言中所说——扔进大锅里煮得面目全非,"面包店的现实性存在于面包之中,而不存在于面粉里"。

在村上春树从《去中国的小船》(1983)到《东京奇谭集》(2006)一共九部短篇集(不包括超短篇和童话)中,我最中意的就是这部。原因也说不大好。如果勉强说的话,一是觉得书名有趣,居然把独自兜圈子的旋转木马同短兵相接的鏖战(dead heat)扯在了一起,从而沁出带有幽默意味的悲哀或带有悲哀意味的幽默;二是对它表达的主题多少产生了共鸣,让我倏然想起人生途中某个场景及其氛围。

那么,其主题是什么呢?我想是关于徒劳的——人生是徒劳的吗?是或不是,抑或是又不是。查阅参考文献,发觉很难找到"知音"。例如我极敬佩的哈佛大学教授杰伊·鲁宾(Jay Rubin)认为主题是"人的生活的个性之易变":

> 这部集子在复制一种"干巴巴的"现实主义方面可说做得非常成功,这未免使其跟村上其他几部小说集相比显得不够引人入胜,但它自有一种特别的、不事张扬的吸引力,值得细读

慢品。现在，村上乐于将其中几篇相对"完整"的作品作为独立成篇的短篇小说看待。

村上在《旋转木马鏖战记》（篇名借自詹姆斯·柯本 1966 年主演的同名影片）中以一种"骇人的"的轻松着意表现他酷爱的主题：人的生活和个性之易变。

（杰伊·鲁宾《倾听村上春树——村上春树的艺术世界》，冯涛译，上海译文出版社 2006 年 6 月版，原书名为"Haraki Murakami and The Music of Words"）

此外，早稻田大学教授高桥世织认为主题在于"距离"，说通读这部短篇集之后留在读者手掌中有质感的感触是"距离"。进而指出："村上春树小说文本（text）中构成'距离'的东西不在少数。或者不妨说，经常出现将'距离'感诉诸印象、'距离'概念如影随形的东西"（《〈旋转木马鏖战记〉——距离主题及其变奏》，《国文学》1995 年 3 月号）。静冈大学教授酒井英行则认为这部短篇集中的多数短篇演示的是"分身游戏"，即作为主人公的自己同另一个自己嬉戏的故事。如《背带短裤》中试穿背带短裤的德国男人及背带短裤之于"母亲",《出租车上的男人》中画中男人之于"她",《献给已故的公主》中美少女之于"我",《呕吐一九七九》中打来电话的男人之于"他",以及《猎刀》中坐轮椅的青年及猎刀之于"我"或"我"之于青年及猎刀。主人公通过将自己与对方"同一化"而完成"同真实的自己、同分身相遇之一体化的葬礼",从而将"理想的"真实的自我回收到自己身上(《村上春树——分身游戏》,翰林书房 2001 年 4 月版)。

以上三种见解均有其个性和深意,但我认为,这部短篇集的主题更在于提出一个疑问:人生是徒劳的吗?

村上春树很熟悉希腊神话。希腊神话中有个后来成为西方文学典故的"西西弗斯的石头"(Stone of Sisyphus)的故事。暴君西西弗斯因为生前作恶多端,死后堕入地狱服苦役:将一块巨石从平地推上高高的山顶。而每次快要推到顶时,石头必定由于自身的重量而陡然滚下山去。于是他重新推石上山,如此周而复始,累得腰酸腿痛汗流不止,纯属徒劳。明知徒劳,却又不能停止这种荒谬的劳作。这个神话在村上春树笔下演变成了旋转木马。虽然骑旋转木马比推石上山轻松有趣得多,但在徒劳这点上并无不同:"无非以同一

| 人生是徒劳的吗 |

速度在同一地方兜圈子而已。哪里也到达不了,既下不来又换不成。谁也超不过谁,谁也不被谁超过。然而我们又在这旋转木马上针对假设的敌手进行着你死我活的鏖战。"村上甚至用他本人从事的创作活动进一步强调徒劳,说写文章这一自我表现形式任何地方都到不了,"如果觉得似乎到了什么地方,那无非错觉而已。人是禁不住要写才写的。写本身没有效用,也没有附属于它的希望"。注意,村上在这里讲了一次"哪里也到达不了"(どこにも到達しない)和两次"哪里也去不了"(どこにも行けない)。哪里也到达不了却偏要到达哪里,哪里也去不了却又非去哪里不可,于是反复推石上山,于是在木马上反复旋转并且鏖战不止!村上在其他场合也就此做过表述。例如他在2001年以《远游的房间》为题致中国读者的信中这样概括了他的小说想要诉说的东西:"任何人一生当中都在寻找一个东西,但能够找到的人并不多。即使幸运地找到了,实际找到的东西也已受到致命的损毁。尽管如此,我们仍然继续寻找不止。因为若不这样做,生之意义本身便不复存在"——找不到也要找,坏了也非找不可,这和前面说的是同一回事,都可以理解为关于徒劳的表达。

不过，村上这样表达并不等于其所有作品统统都在不厌其烦地诉说徒劳。小说文本要复杂得多，在某种意义上，文本未尝不是独立于作家之外的自行其是的"公器"。我所以觉得这部短篇集关乎徒劳，主要依据也在于文本，在于对文本的把握。总的说来，这八篇小说所传达的并非对于作者在序言和信中所说的"徒劳"的无条件肯定。较之肯定，更多的时候是在肯定和否定之间左右摇摆。下面就让我们带着这个疑问进入作品。

《背带短裤》中，"母亲"独自在德国旅行期间突然决定离婚，希望通过离婚告别过去的自己，开始新的人生。这在很大程度上意味着，过去的婚姻生活在构筑真实的自我方面属于徒劳的经营——以家庭为重，溺爱女儿，哪怕丈夫男女关系上不检点也表现出近乎"缺乏想象力"的忍耐力，也就是说"母亲"徒然把自我封闭在贤妻良母这一家庭以至社会所要求的劳作之中。到了德国之后，她的自我、她的主体性才开始觉醒："一个人旅行是何等美妙啊……所有的风景都那么新鲜，所有的人都那么亲切，并且这一个个体验都在唤醒她体内蛰伏而从未启用的种种感情。"但仅仅这些并不足以促使她做出离婚这一根本性决定，正如小说结尾所概括的，"事情的关键在于短裤"。为什么说关键在于短裤呢？因为"母亲"在那个德国男子穿上背带短裤后被店员拉来按去以调整短裤尺寸的过程中看到了过去的自己。关于这点，前面提及的酒井英行有一段很贴切的表述：

> 可以说，丈夫和女儿为了穿用适合其"体型"的背带短裤而对母亲施行了"细微调整"。丈夫对妻子施以"细微调整"以使之适合男性中心社会中的自己的"体型"。
>
> 所以，应该说母亲在德国的背带短裤商店中看到的是她本身（的形象）。店里的人为了适合同丈夫"体型一模一样"的德国人而将背带短裤"到处拉来按去"——那背带短裤不外乎母亲的生体。她在旅行地凝视着为适合丈夫"体型"而被"到处拉来按去"的自身形象……　　　　　　　　　　（同上引）

正因如此，"母亲"才在凝视时间里感到过去一种模模糊糊的情感渐渐变得清晰，知道自己"从心眼里冒水泡一般涌起一股对父亲忍无可忍的厌恶"。于是"母亲"下定决心同"父亲"离婚——三十分钟即跨越了徒劳人生与非徒劳人生的障碍。换言之，在村上作品中，命运的转变往往是由于意想不到的契机促成的，即所谓命运的不确定性。但村上在这里并不认为人的意志是徒劳的。他在小说开篇不久就这样写道："诚然，人生的某一部分或许受制于命运，或许命运会如斑斑驳驳的阴影染暗我们的人生地表。纵使如此，如果其中仍有意志存在——仍有足以跑二十公里和游三十公里的顽强意志存在的话，我想大多数风波都可以用临时爬梯来解决。"

《出租车上的男人》是一个富有韵味的短篇，我曾选为文选课的教材。小说表达了同前一篇相近的双重性主题。如果把徒劳比作旋转木马——即使旋转木马——也并非永远"既下不来又换不成"，有时候也还是可以下来换乘并非木马的马到达某个地方的，只要怀有相应的意志。画上的"出租车上的男人"被禁锢在出租车"这一有限的形式中"，出租车的名字叫"平庸"，男人永远无法挣脱，任何挣脱的努力无疑都是徒劳的。那么"我"呢？"我"是为了当画家来美国的，结果没当成。十年时间里麻烦事一个接一个，最后和丈夫分手了，孩子也放弃了，所有的理想、希望、爱都成梦幻——徒劳的十年。所以"出租车的男子"就是另一个"我"，"他理解我的心情,我理解他的心情",徒劳和"平庸"把两人禁锢在一起。后来"我"把画烧了。烧画和前篇的离婚同是转折点,使得"我"从徒劳中解放出来,回国经营画廊,从此一帆风顺。令人惊异的是,"出租车上的男人"也被解放出来:一次"我"去希腊旅行,居然和他同乘一辆出租车。他是希腊国立剧院的演员,要去哪里参加"非常盛大的晚会"!小说进入尾声时"我"这样想道:"自己的人生已经失去很多部分,但那不过是一部分的终结,而往后还是可以从中获得什么的。"但我同时也强调一个宝贵教训,那就是"人不能消除什么,只能等待其自行消失"。换言之,人生既有徒劳的部分,又有不是徒劳的部分。其中机会很重要,机会到来之前,再努力也无济于事。而机会很可能是偶然的、意外的。这里再次暗示了命运的不确定性,这是村上对人生的一种理解。

顺便说一句——倒是与主旨无关——也是因为在大学工作的关系,我对小说开头部分的一段话别有心会:"在那所大学转了差不多一个星期,所嗅到的气味只有权威、腐败和虚伪。包括校长和系主任在内采访了十来名教员,只有一名说话还算地道,而这名副教授两天前刚交了退职报告。"

《游泳池畔》的情节非常简单。主人公是个成功者，不到三十岁就在公司拥有了举足轻重的权限，收入比同代任何人都多。妻子比他小五岁，婚姻生活概无问题，还找了个更年轻的情人，这方面也平安无事。他决定把三十五岁生日这天作为人生的转折点，决心像游泳一样全速游完七十年。生日第二天他以刚降生时的姿势站在大镜子前由上而下依序检查自己的身体，结果意识到"我正在变老"。评论家川本三郎认为主人公是在空荡荡的房间里骑在旋转木马上同时间这个假想敌展开永无休止的鏖战：

　　《游泳池畔》这个短篇就是被这种时间所俘虏的男人的故事。"三十五岁那年春天，他确认自己已拐过了人生转折点"（并且是在生日！），这是小说开头第一句——主人公就是这样近乎病态地看待年届三十五岁这一事实，为此感到痛苦和悲伤。三十五岁了！三十五年间自己做了什么呢？往后自己将如何呢？村上像要强调主人公的悲伤似的用黑体字大大写下这样两句："至此已过完一半"、"我正在变老"。

（川本三郎《村上春树论集成》，若草书房 2006 年 5 月版）

自不待言，任何以时间为对手的"鏖战"都注定以徒劳告终。在人的所有对手当中，唯独时间永远不可撼动。主人公当然也清楚意识到了这点："再怎么挣扎，人也是无法抗拒衰老的。和虫牙是一回事。努力可以推迟其恶化，问题是再怎么推迟，衰老也还是得带走它应带走的部分。人的生命便是这样编排的。年龄越大，能够得到的较之所付努力就越少，不久变为零。"不过相比之下，更让主人公感到痛苦的是自己身上潜伏的某种模糊不清的无可名状的东西。这给他带来了远为严重和深切的徒劳感。杰伊·鲁宾认为这个短篇可以作为《国境以南　太阳以西》的前奏来读。不错，在徒劳和无奈这点上二者确有前后呼应之处。

《献给已故的公主》同 M·拉威尔的乐曲"献给已故公主的孔雀舞"不存在直接关系。在这里，我们再次领教了村上笔下的命运不确定性——由小小的偶然或意外导致的人生的无奈和徒劳。尽管她是"体型匀称得无与伦比"和全身充满生机的美少女，但我看第一眼就讨厌她。尽管讨厌，却在一次郊游时和她"物理性"相抱而眠。尽管"我"极为困惑，而"我"的阳物却紧贴她的大腿开始变硬。十年后"我"偶然遇到她的丈夫，得知她还记得自己，同时得知她生活并不如意,因所生女婴意外夭折而过得暗无天日。如此看来,她过去的漂亮、聪明和足以使"周围空气仿佛发生奇迹"般的笑容以及女王般的高傲都算什么呢?岂不等于零了么?或许真如她丈夫所感觉的那样:"我们人生相当大的一部分恐怕是为某人的死带来的能量、或不妨称为欠损感那样的东西所框定的",此其一。其二,"人生这东西本质上是平凡的,工作也罢婚姻也罢生活也罢家庭也罢,如果说里边有什么乐趣,那也是唯其平凡才有的乐趣。"如果不承认这点——比如小说中的"她"——我们在很大程度上势必体味徒劳的痛苦。小说结束时她丈夫叫"我"给她打电话,"我还没给她打电话。她的喘息她的体温和柔软的乳房感触还留在我身上,这使我极为困惑,一如十四年前的那个夜晚"。作为"我"怎么可能给她电话呢?因为她仍骑在"旋转木马"上进行鏖战。

《呕吐一九七九》中的主人公有两项少见的本事,一是能长期一天不缺地坚持写日记,二是能不断勾引朋友的太太或恋人并连连得手,轻而易举地同她们大动干戈,而他自己则坚决不谈恋爱更不结婚,嫌麻烦和怕负责任。其间唯独一桩事让他懊恼:从1979年6月4日至7月15日整整连续呕吐了四十天。不仅如此,还天天有陌生电话打来,道出他的姓名后即刻挂断。原因始终莫名其妙。四十天后自动戛然而止。那么,这个主人公能从"旋转木马"上下来不成?回答应该是否定的,原因是虽然他也感到惭愧,但无论如何也无法停止——他就是要一个接一个同朋友的太太或恋人睡下去,所有痛改前非的尝试都是徒劳之举。那已成为他自身的运行系统(system)。作者在序言中就已说过:"我们固然拥有可以将我们自身嵌入其中的我们的人生这一运行系统,但这一系统同时也规定了我们自身。"所谓旋转木马即是此意。杰伊·鲁宾颇为欣赏这个短篇:"这篇小说于是在完全俗世的氛围中将超现实的感觉推至极致,只隐约暗示到一点心理方面的由头,这在村上的小说世界里可谓屡见不鲜。"(同上引)

《避雨》中有虚实两场避雨。一是作为现实的避雨,"我"在酒吧喝酒避雨时见到了主人公,二是主人公从辞职到找到新工作约有一个月作为休假的"避雨"。不料后来的发展使得这场"避雨"成为徒劳的"避雨"。休假第十天她就食欲下降,终日心焦意躁,觉得在这个拥有一千五百万芸芸众生的大都会里唯独自己孤独得要命。一次她以七万日元的高价同一个中年兽医睡了一次,睡罢,"她意识到几天来一直盘踞在她身上的无可名状的焦躁早已不翼而飞"。她这样跟男人睡了五次——"雨"没有避成。最后"村上"说假如自己提出想花钱和她睡"你要多少？"她再次好看地一笑："两万。"不过找到新工作后她再也没有这样同男人睡过，男朋友也有了。也就是说那场"避雨"对她此后的人生毫无影响。杰伊·鲁宾认为"村上经常在意识和肉体似乎泾渭分明的背景下描写性，从重要性上讲意识远甚于肉体"。

回想起来，如此类型的女性在村上作品中并不罕见。如《寻羊冒险记》中的耳模特女郎，《舞！舞！舞！》中的咪咪和喜喜，《奇鸟行状录》中的加纳马尔他。另外，"我"和女主人公在酒吧相见的场景显然被移植到后来的《挪威的森林》"我"和绿子初次相见的描写中。也就是说，"避雨"对女主人公是徒劳的，但《避雨》这个短篇对村上的日后长篇创作绝非徒劳之作。

《棒球场》至少传达了两个徒劳意念。一个是宿命性质的。主人公写的一篇小说在"我"看来其缺点"属于相当宿命的那类缺点"，无法修改。而主人公本人也意识到自己写的全部是现实中的事却"没有现实感"，只好就此作罢。二是意外性质的。主人公为彻底把握将自己迷得失魂落魄的漂亮女孩的全部生活情况，特意借来望远镜每天晚上从棒球场对面窥看女孩房间。结果却适得其反，他对女孩不像过去那样痴迷了。后来实际碰见时，尽管女孩"极有活力"并主动打招呼，而自己眼前浮现的竟然全是她的乳房、阴毛、侧腹的痣，以及"用宽大的收腹带勒紧肚子和屁股的场景"，于是"我"浑身大汗淋漓，五年后"我都清楚记得最后和她说话时汗水那黏黏糊糊的感触和讨厌的气味。唯独那场汗我再不想出第二次了"——他从"旋转木马"上下来了，后来成了一名举止得体的银行职员，并且每次从飞机窗口俯视地面时都不由感叹"小小的灯光是多么美好多么温暖啊！"

《猎刀》中曾是空姐的美国女子的肥胖"使我想起某种宿命性质的东西。世上存在的所有倾向无不是宿命性疾患"。而她的婚姻和生活本身也不无宿命性质。作为空姐同飞行员结婚，结婚后不当空姐了，而丈夫仍喜欢空姐，又跟别的空姐搞上了。"这种事也是常有的。从空姐到空姐，一个接一个。"她出生在洛杉矶，上大学在佛罗里达，毕业后去纽约，婚后去旧金山，离婚又返回洛杉矶——"最终回到原地"。而坐轮椅的青年本身即是徒劳的象征。不，甚至连徒劳都谈不上,他已被彻底剥夺了"劳"的主体性和主动性,一切"都是人家定的——那里住一个月,这里住两个月!这么着,我就像下雨似的或去那边或来这里"。但他毕竟不甘心,求熟人买了一把猎刀,"一把属于自己的刀",并且瞒着任何人。小说结尾时他叫"我"用刀切点什么,"我"把大凡看到的东西一个又一个切开,利利索索,"锋利无比"。不难看出,刀是轮椅青年对抗徒劳的意志力或潜在欲望的隐喻——即便他也想从"旋转木马"上下来。

　　人生终归是徒劳的,至少有的部分是徒劳的,一如骑在旋转木马上的鏖战,认识到这点有助于我们保持豁达的态度;同时也有不是徒劳的部分,即人生又不是全是徒劳的,我们仍然可以从旋转木马上下来而脚踏实地展开鏖战——不知这是不是村上给予的回答。

林少华

2009 年 2 月 15 日子夜于窥海斋

时青岛灯火阑珊涛声依旧

序·旋转木马鏖战记

将这里收录的文章称为小说，对此我多少有点抵触感。再说得明了些，这并非真正意义上的小说。

我要写小说时，先将各种各样的现实性material①——我是说假如有这类东西的话——一股脑儿扔进大锅里煮，一直煮到面目全非，而后再切分成适当形式加以使用。所谓小说或多或少便是这么一种东西，现实性也是这么一种东西。面包店的现实性存在于面包之中，而不存在于面粉里。

但是，这里收录的文章原则上是与事实相符的。我从很多人口中听了各种各样的故事，将其写成文章。为了不给当事人带来麻烦，细节上我当然做了种种加工，因此不能说完全属实，但主要内容是有根有据的，既没有夸张以求有趣之处，又不曾添枝加叶。我的想法是实话实录,尽可能不损坏其氛围。[1]

这些文章——姑且称之为随笔吧——起初我是为了给长篇创作进行 warming up[2] 而写的。我蓦然觉得,尽量将事实作为事实记录下来这一作法日后很可能有用。所以,一开始我没打算把这些随笔变成铅字,而预想这些兴之所至写完就扔进书房桌子里的东西难免遭到和其他无数文章片断同样的命运。

不料写了三四篇之后,我发觉这一个个故事似乎有个共通点,那便是它们"希望道出"。这对我是个奇特的体验。

例如,我写小说时是依据自己的笔调和小说情节的推进来选取不知不觉之间成为素材的片断的。但由于自己的小说同自己的现实生活并不彻头彻尾地正相吻合(如此说来,我自身也并不同我的现实生活完全吻合),所以无论如何都有小说用不完的类似**沉渣**的东西在我体内剩留下来。我用来写随笔的,便是这类似**沉渣**的东西。而**沉渣**也在我意识底部静静等待着被以某种形式叙述出来的时机。

之所以有种类繁多的**沉渣**积攒下来,其中一个原因,我想就是

---

[1] 素材、原料、材料。
[2] (运动、跳舞之前的)准备活动,(机器、发动机等)预热。

序·旋转木马鏖战记

我喜欢听别人讲述什么。说老实话,较之自己讲什么,我更喜欢听别人讲。而且我觉得自己似乎有一种才能,善于从别人的话中找出妙趣。事实上大部分人的话也都比我自己的话有趣得多,并且,普通人的普通故事远比特殊人的特殊故事妙趣横生得多。

这样的能力——能从别人的话中听出妙趣的能力——也并非有什么具体用场。我写了几年小说,甚至作为小说家我都一次也没有体验到这种能力有过什么用场。或许有几次,但至少我想不起来。别人讲,我听,别人讲的在我记忆中储存下来,如此而已。

倘若这种能力对我作为小说家的特质多少有所裨益,我想也无非是在我身上培养出某种毅力罢了。我认为,妙趣这东西只有通过毅力这层过滤网才能显现,而小说文字的大部分便是建立在这一相位之上的。所谓妙趣,并非拧开水龙头往杯里注水随即说一声"请"而递出去的那类东西,有时候甚至需要跳乞雨舞。不过那同本文主题没有关系,还是言归正传。

人们所讲的大部分故事就那样一无所用地存于我的记忆中。它们哪里也不去,只是如夜雪一般静静存积着。这也是大多数喜欢听他人讲话之人的共同苦恼。基督教的神父可以将人们的告白转递给上天这一庞大组织，我们却没有如此方便的对象，而只能自行怀抱着继续人生旅程。

卡森·麦卡勒斯[1]小说中有一位文质彬彬的失语青年出场，无论谁说什么他都耐心地侧耳倾听，有时表示同情，有时一同欢喜。人们如蜂逐花一般在他周围聚拢，纷纷向他一吐为快。然而最后青年自杀身亡了。他明白过来：人们只是将各自大凡所有的东西推给他，而体察他心情的人却一个也没有。

当然我不是要把自己的形象同那位失语青年重合在一起。毕竟我也把自己的事讲给别人听，也写文章。尽管如此，**沉渣**还是在自己体内越积越多。我想说的只是这个。

所以，当我暂时放弃小说这一形式时，这一系列 material 势必极其自然地浮出我意识的水面。对我来说，这些随笔的 material 就好像是无依无靠的孤儿们，它们未被纳入任何小说任何文章，而只是在我体内一动不动地久睡不醒。想到这里，我不由得有些坐立不安。

那么，将这些 material 弄成文章我就能多少变得坦然了不成？

---

[1] Carson McCullers（1917—1967），美国女作家。作品有《心灵是孤独的猎手》《没有指针的钟》等。

也不至于。这点即使为我自身的一点点名誉也必须交待清楚：我并非为求取自身的坦然才写这些随笔并向世人发表的，而是他们想被道出——如我开始所说，我已感觉出了这点。至于我自己的精神能否得到解脱，完全是另外一个问题。至少没有任何征兆说明我眼下通过写这样的文章使自己的精神获得了解脱。

认为自我表现有助于精神解脱的想法是一种迷信，即便从好意说来也不外乎神话，至少用文章来表现自己是不会解脱任何人的精神的。假如有人要为此目的而去表现自我，那么最好作罢。自我表现只能将精神细加工，任何地方都到达不了。如果觉得似乎达到了什么地方，那无非错觉而已。人是禁不住要写才写的。写本身没有效用，也没有附属于它的希望。

由于这个缘故，**沉渣**依然作为**沉渣**剩在我的记忆里。或许迟早总有一天我会将其变成截然不同的形式编排在新小说之中，也可能编排不进去。若编排不进去，这些**沉渣**势必永远封存在我的记忆里，消失在黑暗中。

现在，我只能将这种**沉渣**归纳成如此形式的随笔，别无他法。至于这项作业是否正确，我也无由得知。假如有人说本来就不该写

真正的小说，我只能耸肩以对，只能引用一个杀人犯的主张——"所有行为都是善举"。对我来说，只能以这种体裁归纳这种 material，没有别的选择。

我所以将收在这里的文章称为"随笔"，是因为它们既不是小说又不是实录。material 毕竟是事实，vehicle（容器）终究是小说。如果每篇东西都有奇妙或不自然之处，那是事实所使然。而若读起来并不需要太多的忍耐力，则因为其乃是小说。

越是倾听别人的讲述，越是通过其讲述来窥看每个人的生态，我们越是为某种无奈所俘获。**沉渣**即是这无奈之感，其本质便是**我们哪里也到达不了**。我们固然拥有可以将我们自身嵌入其中的我们的人生这一运行系统，但这一系统同时也规定了我们自身。这同旋转木马极其相似，无非以同一速度在同一地方兜圈子而已。哪里也到达不了，既下不来又换不成。谁也超不过谁，谁也不被谁超过。然而我们又在这旋转木马上针对假设的敌手进行着你死我活的鏖战。

事实这种东西之所以有时候看上去有欠自然，原因大约就在这里。我们称为意志的某种内在力量的绝大部分，在其发生之时即已失却,而我们却不承认这点。于是其空白给我们人生的种种相位带来了奇妙的、不自然的扭曲。

至少我这样认为。

背带短裤[1]

几年前一个夏天，我打算写一本类似随笔系列的作品。那以前我从未动过写这类文章的念头。假如她不提起那件事——问我这样的事可否成为小说素材——我或许不会写这本书。在这个意义上，是她擦燃了火柴。

但，从她擦燃火柴到火烧到我身上，经过了相当长的时间。我身上的导火线中有一种距离十分之长，有时长得甚至超过我本身的行动规范和感情的平均寿命。这样，即使火勉强烧到我身上，也可能早已寻不出任何意味了。不过，这次起火总算控制在所限的时间内，结果我写了这篇文章。

向我说起那件事的是妻过去的同学。学生时代她同我妻子并不怎么要好，只是三十岁过后在一个意外场合突然碰在一起，才开始交往密切的。我每每觉得对丈夫来说，再没有比妻的朋友更为奇妙的存在了。尽管如此，第一次见面之后，我就对她有了某种好感。作为女性，她长得相当高大，无论个头还是块头都可同我分庭抗礼。职业是电子琴教师，但工作以外大部分时间都用来游泳、打网球和滑雪，所以肌肉结实，总晒得那么漂亮。她对各种体育运动的热情几乎可以用发疯一词来形容。每个休息日，她跑完步便去附近的温水游泳池游一阵子，下午打两三个钟头网球，甚至还做有氧运动。我也算是相当喜欢运动的，但跟她比起来，无论质还是量都望尘莫及。

不过，在这方面发疯绝不意味她对各种各样的事物都表现出病态的、狭隘的以至攻击性的态度。相反，她基本上性格温和，感情上也不强加于人，只不过她的肉体（大概是附于肉体的精神）如彗星般不间断地希求剧烈运动。

不知是否由于这个缘故，她至今仍然独身。当然——因为她虽说躯体多少大些，但长相也还算好看——谈过几次恋爱，也给人求过婚，她本身也动过心思。然而一到真要结婚的阶段，其中必定出

---

1 Lederhosen.

现意想不到的障碍，致使婚事告吹。

"运气不好。"妻说。

"是啊。"我也同意。

但我又不完全同意妻的意见。诚然，人生的某一部分或许受制于命运，或许命运会如斑斑驳驳的阴影染暗我们的人生地表。纵使如此，如果其中仍有意志存在——仍有足以跑二十公里和游三十公里的顽强意志存在的话，我想大多数的风波都可以用临时爬梯来解决。依我的猜想，她所以不结婚，恐怕是由于她并不**诚心**希望结婚。一句话，结婚那东西没包括在她的能量彗星的范围内，至少未全部包括。

这样，她继续当电子琴教师，有时间便致力于体育运动，定期谈多舛的恋爱。

大学二年级时父母离异，那以后她一直一个人租房生活。

"是母亲把父亲甩了的。"一天她告诉我，"因为短裤的事。"

"短裤？"我吃惊地反问。

"事情很怪，"她说，"由于太怪太离谱了，几乎没跟人提起。不过你写小说，说不定有点用处。想听？"

非常想听，我说。

那个下雨的周日午后她来我家时，妻出门买东西去了。她比预定时间早来两个小时。

"对不起，"她道歉说，"定好的网球下雨泡汤了，时间就多了出来。一个人在家又无聊，就想早点过来。不妨碍你？"

有什么好妨碍的，我说。我也正无心做事，把猫抱在膝头一个人呆呆地看录像机里的电影。我把她让进来，在厨房煮了咖啡端上。两人边喝咖啡边看《大白鲨》（Jaws）的最后二十分钟。当然，两人以前就都已看过几遍，看得并不特别认真，不过因暂且需看点什么才看罢了。

但电影的"结束"字样打出后妻也没回来，我便和她闲谈了一会。我们谈鲨鱼，谈海，谈游泳。谈完妻仍未返回。前面也说过，我对她的印象绝对不坏，但两个人单独面对面交谈一个小时，我们之间的共同话题显然不够充足。她终究是妻的朋友，不是我的朋友。

正当我为此感到困窘并考虑是不是再看一部电影的时候，她突然讲起她父母离婚的事。我不大明白她为何突如其来地（至少我看

| 背带短裤 |

不出游泳同其父母离婚之间有明显关联）搬出这样的话题，也许个中有什么缘由。

"准确称呼不叫短裤，"她接着道，"准确说来叫背带短裤。知道背带短裤吗？"

"就是德国人常穿的那种半大短裤吧？上边有背带的。"我说。

"对。父亲希望得到这么一件礼物，得到背带短裤。作为那个年代的人，我父亲个子算是相当高大的，体型正好适合穿那种短裤，所以才希望得到。我倒觉得背带短裤不大适合日本人穿，不过人各有好。"

为弄清来龙去脉，我问她父亲是在什么情况下托谁作为礼物给买背带短裤的。

"抱歉，我说话总是颠三倒四。哪里不明白，只管问好了。"她说。

不客气的，我说。

"母亲的妹妹那时住在德国，请母亲去玩。母亲德语一窍不通,又没出国旅行过,但因长期当英语老师,她很想去外国看上一次,加上已好久好久没见过我那个姨母了,便向父亲提议请十天假两人一起去德国。可是父亲由于工作关系怎么也请不下来假,结果母亲一人去了德国。"

"当时你父亲托你母亲买背带短裤来着?"

"嗯,是的。"她说,"母亲问他要什么礼物,他说要背带短裤。"

是这样,我说。

据她介绍,那时她父母关系比较融洽,至少已不再半夜里高声争吵或父亲几天生气不回家了,而父亲有外遇的时候那种情况是有过几次的。

"他那人性格不错,工作也能干,只是男女关系上不很检点。"她语气平淡,像在说别人父母似的,以致一瞬间我还以为她父亲已经去世,其实是还活得挺精神的。

"但当时父亲年纪已相当不小了,那类争吵也已停下了,看上去满可以和睦地过下去。"

然而实际上事情并不那么一帆风顺。母亲把原定在德国逗留十天的日程几乎没打一声招呼就延长到一个半月，好歹回国也再没回家，一直寄住在大阪另一个妹妹家里。

事情何以至此，无论作为女儿的她还是身为丈夫的父亲都无从理解。因为，这以前夫妻间尽管闹过几次别扭，但她母亲表现出很强的忍耐力——有时忍耐得甚至令人怀疑她未免缺乏想象力——基本上以家庭为重，且很溺爱女儿。所以，对于她不回家连个招呼也不打，父女俩全然摸不着头脑，甚至闹不清到底正在发生什么。她和父亲往大阪的母亲妹妹家里打了几次电话，但母亲几乎不接，连探听其真意都不可能。

弄清母亲的真意已是她回国两个月后的九月中旬的事了。一天她突然往家打来电话，对丈夫说"这就把离婚手续所需文件寄过去，你签字盖章后再寄回来"。父亲问到底因为什么，母亲当即回答"因为对你已不怀有任何形式的爱情"。父亲问有无双方靠拢的余地，母亲断然地说根本没有余地。

此后两三个月时间父母用电话反复问答、交涉、试探。最终母亲寸步不让，父亲最后也只好同意离婚。一来父亲由于过去的诸多事情而心虚理亏，无法采取强硬态度，二来他性格上原本就无论对什么都倾向于适可而止。

"我觉得自己像因此受到了很大打击。"她说,"但打击并不单单来自离婚这一行为本身。那以前我就几次猜想两人可能离婚,精神上有所准备,所以如果两人以极为正常的形式离婚,我恐怕不至于怎么困惑,也不会深受创伤。明白?"

我点点头。

"那之前我始终站在母亲一边,母亲也是信赖我的,我想。不料母亲却连个像样的解释也没有便像同父亲**联手**似的把我抛弃了。我觉得这点对我的打击异常沉重,那以后很长时间里我都不能原谅母亲。我给母亲写了很多封信,要求她就一大堆事情明确做出解释,可母亲对此什么也不肯说,连想见我都没提过。"

她见到母亲已经是三年以后的事了。有个亲戚的葬礼,在那里两人总算见了面。她大学毕业靠教电子琴维持生计,母亲在一所英语补习学校当老师。

葬礼结束后母亲向她挑明:"以前之所以什么也没对你说,是因为不知到底怎么说好。连我自己都把握不好事情的进展。不过归根结蒂起因在于那条短裤。"

| 背带短裤 |

"短裤?"她和我同样愕然反问。她原本想定再不和母亲说话,结果好奇心压过了愠怒。她同母亲仍然一身丧服就一起走进附近一家咖啡馆,边喝冰红茶边听母亲讲短裤。

卖背带短裤的店位于距汉堡乘电车需一个小时的小镇上,是母亲的妹妹给查到的。

"德国人都说买背带短裤那家店最好,做工非常考究,价格也不很高。"妹妹道。

母亲一个人乘上电车,为给丈夫买背带短裤来到那座小镇。她在列车隔厢同一对中年德国夫妇坐在一起,用英语闲聊。她说自己准备去买背带短裤送礼,那对夫妇问打算去哪里的店。她告以店名,两人异口同声说那家店最好,万无一失,这使得她越发下定了决心。

那是初夏一个令人心旷神怡的下午。穿过小镇的河流奏出潺潺的水声,岸边的野草随风摇着绿叶。铺着鹅卵石的古老街道画着徐缓的曲线无休止地伸展开去,到处都可见到猫的姿影。她走进第一眼看到的小咖啡馆,午餐吃芝士蛋糕,喝咖啡。街景优美,一派幽静。

喝罢咖啡，正在逗猫玩，咖啡馆主人过来问她往下去什么地方。她说是来买背带短裤的。主人拿来便笺，把那家店的位置画给她。

"谢谢。"她说。

一个人旅行是何等美妙啊，她走在鹅卵石路上感叹道。想来，这是她五十五年人生中最初的单独旅行。一个人来德国旅游，这期间她一次也没感到寂寞、惶怵和无聊。所有的风景都那么新鲜，所有的人都那么亲切，并且这一个个体验都在唤醒她体内蛰伏而从未启用的种种感情。这以前她生活中一向视为珍宝的许许多多——丈夫、女儿、家庭——现已远在地球的另一侧，她完全没有必要为之操心和烦恼。

背带短裤店很快找到了。一家古旧的小店，没有橱窗，没有时髦招牌，但从玻璃窗往里窥看，只见背带短裤齐整整地排列着。她推门进到里边。

店内有两位老人在劳作，两人一边小声交谈，一边量面料尺寸或往本子上记什么。用布帘隔开的里间看样子是个足够大的作业

背带短裤

间,从中传出单调的缝纫机声。

"有什么事吗?太太?"高个子老人起身用德语打招呼。

"想买条背带短裤。"她用英语回答。

"太太穿么?"老人用有点怪味的英语问。

"不,不是的,买回去送给在日本的丈夫。"

"唔,"老人略一沉吟,"那么说,您先生现在不在这里啰?"

"是的,当然是的,在日本嘛。"她回答。

"既是这样,这里边就产生一个问题。"老人字斟句酌地说,"就是说,我们不卖东西给不存在的客人。"

"丈夫存在。"她说。

"那是那是,您先生是存在,当然存在。"老人慌张起来,"英语说不好,别见怪。我要表达的是:您先生如果不在这里,就不能出售您丈夫穿的背带短裤。"

"为什么?"她脑袋一阵混乱。

"这是店里的方针,方针。我们是请亲自光临的客人穿上与体型相符的背带短裤,略微加以调整,这才能卖出去。一百多年时间里,我们一直这样做生意。我们的信誉便是靠这样的方针建立起来的。"

"为了在贵店买短裤,我是特意花半天时间从汉堡赶来的。"

"实在抱歉,太太,"老人果真充满歉意似的说,"但是不能破例。在这个多变的世界上,再没有比信誉更难得也更容易崩溃的了。"

她叹口气,半天站在门口不动,同时开动脑筋寻找突破口。这时间里,高个子老人用德语向矮个子老人说明情况。矮个子老人边听边频频点头称是。两位老人个头固然相差不小,但脸形可以说长得一模一样。

"嗳,这样做好不好呢?"她提议道,"我去找一个和我丈夫体型完全相同的人领来这里,让这个人穿短裤,你们加以调整,卖给我。"

高个子老人目瞪口呆地盯视她的脸:

"问题是,太太,问题是违反常规。穿短裤的人不是那个人,是您先生,而我们又知道这点。这可不成。"

"你们权当不知道就可以了嘛。你们把背带短裤卖给那个人,我从那个人手里买过来。这样你们的方针就不至于沾上污点。是这样的吧？请好好考虑一下。我想以后我不会第二次来德国，所以如果现在失去买背带短裤的机会，我就永远不可能如愿以偿了。"

"唔，"老人沉思片刻，再次用德语向矮个子老人说明情况。高个子老人说毕，这回矮个子老人用德语讲了一通。然后，高个子老人朝她这边转过脸，"明白了，太太，"他说，"我们破例——只能是破例——权当我们根本不知道事情的原委。特意从日本来买我们的背带短裤的人毕竟为数不多，况且我们德国人也并非就那么死板。请尽可能找与您先生体型相似的人来。哥哥也是这样说的。"

"谢谢，"她说，随后对那位身为兄长的老人用德语说了"非常感谢"。

☆

她——向我讲这件事的女儿——讲到这里，手交叉在桌面上吁了口气。我喝掉已凉透的咖啡。雨仍在下个不止，妻还未回来。我全然无法预测事情往下如何展开。

"那么，"我想快些听到结局，便插嘴道，"你母亲最后可找到体型酷似你父亲的人了？"

"嗯,"她面无表情,"找到了。母亲坐在长椅上打量来往行人,从中挑出一个体型一模一样、人看上去又尽可能好的人来,不容分说——因那个人完全不懂英语——领到店里。"

"看来她相当敢作敢为。"我说。

"我也闹不明白,她在日本总的说来是个循规蹈矩的老实人。"她叹息说着,"总之那个人听店里的人讲完事情的原委,满口应承下来,说如果合适就当一次模特好了,接着穿上背带短裤,被店里的人到处拉来按去。这时间里,那个人和两位老人用德语开玩笑,相互笑个不停。大约三十分钟鼓捣完毕,这时,母亲已下定决心同父亲离婚了。"

"叫人摸不着头脑,"我说,"就是说,那三十分钟里莫非发生了什么?"

"不,什么也没发生。仅仅三个德国人谈笑风生罢了。"

"那你母亲为什么能在三十分钟时间里下决心离婚呢?"

"这点母亲自己也糊里糊涂。母亲因此非常非常困惑。母亲所知道的,只是在盯视穿背带短裤的那个人的时间里,从心眼里冒水泡一般涌起一股对父亲的忍无可忍的厌恶。对此她束手无策。那个

| 背带短裤 |

人——给穿背带短裤的那个人——除去肤色白一点，真的同我父亲体型一模一样，腿形也罢腹形也罢头发的稀疏程度也罢。并且那个人穿着新短裤，晃着身子笑得甚是开心。母亲看着看着，觉得自己心中一种以前模模糊糊的情感正逐渐变得明晰、变得稳固起来——母亲这才明白自己是怎样无可遏止地憎恶父亲。"

妻买东西回来，开始单独同她聊天，我仍一个人在反复琢磨那条背带短裤。三个人吃了饭，随后又喝了点酒，这时我还在继续琢磨。

"那么，你已不再怨恨你母亲喽？"我趁妻离席之机，这样问道。

"是啊，已不怨恨了。亲密绝对谈不上，但起码不怨恨了，我想。"她说。

"自从听了短裤的事以后？"

"嗯，是吧，我想是的。听后我无法继续怨恨母亲了。什么原因我解释不好，肯定是因为我俩同是女人。"

我点点头："假如——假设从刚才的话里把短裤去掉，而仅仅说是一名女性在旅途中获得了自立,你能原谅你母亲抛弃你吗?"

"不成!"她当即回答,"事情的关键在于短裤。"

"我也那样认为。"我说。

出租车上的男人

几年前的事了，当时我用笔名为一家不大的美术刊物写一种类似"画廊探访"的文章。虽说是"画廊探访"，但由于绘画方面我是百分之百的门外汉，也写不出专业性报道，所以我的活计只不过是以轻松的笔调概括一下画廊的气氛及其主人的印象罢了。作为我也并非干得怎么起劲，开头纯粹出于偶然的机会，但结果上却成了一件非常有趣的活计。那时我自己刚开始写小说不久，觉得将各色人等的谈话整理成文对于创作也是大有好处的。我尽可能仔细体察世人在想什么并如何将其诉诸语言，而后适当剪裁，再用来拼凑属于自己的文章。

这系列报道持续了一年。杂志是双月刊，共写了六篇。我让编辑部（其实只有一个编辑）介绍几家大约有些意思的画廊，然后开动双腿前去勘察，选出一家写成报道。篇幅也就是四百字稿纸写十五页左右，但我这个人总的说来怕见生人又反应迟钝，所以起初颇不顺利，根本不知道该向对方如何发问如何归纳整理。

尽管这样，在反复摸索反复出些小错的过程中，我还是从中发现了一个诀窍（大约是诀窍），那就是采访时应该努力去捕捉采访对象身上非常人可比的某种崇高、某种敏锐、某种温情。世上每一个人身上都必然有其人格上的光点——哪怕再小——若能成功捕捉到那个光点，发问自然水到渠成，报道也就栩栩如生了。关键需要理解和爱心，即使对方的话再陈词滥调不过。

自那以来我进行了很多很多次采访，直到最后也没使我产生半点爱心的只有一次。那是为给一家周刊写"大学探访记"而去一所名牌私立大学采访的时候。在那大学转了差不多一个星期，所嗅到的气味只有权威、腐败和虚伪。包括校长和系主任在内采访了十来名教员，只有一名说话还算地道，而这名副教授两天前刚打了辞职报告。

但这已经过去了，还是回到平和的画廊上来吧。我所采访的画廊几乎全是同权威不沾边的小街上的画廊。我同一个比我大三四岁的高个子摄影师搭伴前往，我听画廊主人说话，他在房间里拍照。

采访快结束时，我总要向主人提一个相同的问题：这以前您所看到的画作中最有冲击力的是什么。作为采访提问算不得够档次，如同问小说家过去读过的小说中最中意的是哪本，提问要点实在过于笼统。答话可想而知，不是说看得太多了记不清楚，就是不知讲了多少遍的陈旧套话。然而每次我还是重复这一问话。一方面是因为对以美术为职业的人如此提问自有其合情合理之处，另一方面也是由于我觉得可能碰巧听到什么奇闻逸事。

给我讲标题为"出租车上的男人"那幅画的故事的是一位四十光景的女主人。她绝对称不上美人，但长相娴静高雅，能使人心里顿时充满温馨。她穿一件有长飘带的白衬衫，下面是灰色粗花呢裙，脚上一双流线型黑高跟鞋。她的脚天生有毛病，每次穿过木地板，空旷的室内都会打楔子般地响起不协调的足音。

她在青山[1]一座商厦的一楼经营一间以版画为主的画廊。当时墙上挂的版画即使在我这样的外行人看来都很难认为是精品，但我觉

---

1 东京的地名。

得她人格中蕴含着一种类似磁性的元素，其奇妙的作用力使得环绕她的种种事物生发出超过实际情况的耀眼光彩。

采访大致结束时，她收起咖啡杯，从餐橱里拿出红酒瓶和玻璃杯，给我和摄影师斟上，自己也倒了一杯。她手指十分纤细，水灵灵的。里面房间的衣架上，大概是她自己用的防水布双排扣风衣和开司米围巾挂在一起。工作台上搁着鸭形玻璃镇纸和金黄色小剪刀。时值十二月初，天花板上的小音箱用低音放着圣诞歌曲。

她起身穿过房间，从哪里拿了一盒香烟来，抽出一支用细长的金色打火机点燃，唇间吐出细细的烟缕。只要足音不响，根本看不出她身上有什么地方不自然。

"最后还有一点想问，如果可以的话。"我说。

"当然可以，请——"她说，随即莞尔一笑，"不过这种说法不有点像电视剧里的刑警么？"

我笑了，摄影师也笑了。

"您以前接触到的作品中最有冲击力的是什么呢？"我问。

她默然陷入沉思。良久，她在烟灰缸里熄掉烟，看着我的脸道："对这个问题的回答，取决于'冲击力'一词的含义，也就是说要看'冲击力'指的什么，是指艺术感染力呢，还是指质朴的震撼力、爆发力？"

"我想没有必要是艺术感染力，"我说，"我指的是皮肤性、生理性的冲击。"

"没有皮肤性冲击，我们的职业就无以成立。"她边笑边说，"那种东西横躺竖卧，任凭多少都有。所缺乏的莫如说是艺术感染力。"她拿起酒杯，用葡萄酒沾湿嘴唇。"问题是，"她继续道，"任何人都不诚心寻求感染力。不这样认为？你也搞创作，不这样觉得？"

"或许。"我说。

"艺术感染力的一个不便之处，就在于无法用语言把它恰当表达出来，"她接着说，"即使表达出来，也彻底成了刻板文章，千篇一律，老生常谈……像谈恐龙似的。所以大家都寻求更为单纯、简便的东西，寻求自己能介入其中的和像电视遥控器那样能咔嚓咔嚓变换频道的东西。皮肤性冲击、感性……怎么称呼都无所谓。"

她往两个空杯里倒了葡萄酒，又点上一支烟。

"话说得够绕弯子的了。"

"非常有趣。"我说。

空调微弱的震颤、加湿器的排气声和圣诞歌曲的旋律低低地重合在一起,构成了奇妙而单调的节奏。

"如果是既谈不上艺术感染力又不属于皮肤性冲击那样的东西也无妨的话,我想我是可以讲一下留在我心中的一幅画的,或者更应该说是关于一幅画的故事——讲这个也可以吗?"

"当然可以。"我说。

"一九六八年的事了。"她说,"本来我是为当画家去美国东部一所美术大学留学的,但为了毕业后能留在纽约养活自己——或者说对自己的才华已不抱希望也未尝不可——我做起了类似画品收购商那样的生意。就是在纽约年轻画家和无名画家的画室转来转去,看到大约素质不错的作品就买下来寄给东京的画商。起初我寄的是彩照底片,东京画商从中挑出合意的,我在当地买下。后来有了信用,就由我自行决定买什么,直接买下。加上我已同格林威治村的画家群体有了关系,或者说有了可靠的信息网,所以,例如某某搞什么特殊名堂啦某某手头拮据啦之类的消息全都能传入我耳中。一九六八年的格林威治村可小瞧不得。那时的事可知道？"

"是大学生了。"我说。

"那么是知道的。"她一个人点点头，"那里无所不有，真的无所不有，从最高档的到最低档的，从顶呱呱的真品到百分之百的冒牌……对于我这样的人来说，那一时期的格林威治村简直是座宝山。只要眼力够用，绝对可以碰上别的时期别的地方很难见到的一流画家和崭新的力作。事实上当时我寄给东京的好多作品现在都已价值不菲，假如为自己留下其中几幅的话，如今我也该是有几个钱的人了。可当时真的没钱……遗憾呐！"她手心朝上地展开放在膝部的双手，很好看地笑笑。"不过只有一幅，的确只有一幅画我破例为自己买了下来。画的名字叫'出租车上的男人'。遗憾的是这幅画艺术上并不出色，手法也一般，而又找不到粗糙中蕴含着才华的萌芽。作者是捷克斯洛伐克一个无名的流亡画家，早已经在无名中销声匿迹了，当然谈不上卖高价……嗯，您不觉得奇怪？为别人选的都是值钱画，为自己选的却分文不值，而且只一幅。肯定这样想吧？"

我适当地应答一下，等待下文。

"去那个画家的宿舍是在一九六八年九月的一个下午。雨刚停,纽约简直整个成了一座烤炉。画家姓名已忘了。您也知道,东欧人的名字很难记,除非改成美国式的。把他介绍给我的是一个学画的德国学生,他和我住同一栋公寓。一天他敲我房门时这样跟我说:'喂,敏子,我朋友中有一个非常缺钱的画家,可以的话,明天顺路去看看画好么?''OK。'我说,'不过他可有才华?''不怎么有,'他说,'可他是个好人。'这么着,我们就去了捷克人的宿舍。当时的格林威治村有那么一种气氛,怎么说好呢,就像大家一点点往一起凑似的。"

她在捷克人脏乱至极的房间里大约看了二十幅画。捷克人二十七岁,三年前偷越国境逃出来的。他在维也纳住了一年,之后来到纽约。妻子和年幼的女儿留在布拉格。白天他在宿舍作画,晚间在附近一家土耳其饭店打工。"捷克没有言论自由。"他说。但他所需要的是比言论自由更现实的东西。如德国学画生所说,他缺乏才华。她在心中嘀咕:他原本是该留在布拉格的啊!

捷克人在技法上局部是有可取之处的,尤其是着色,有时令人一震。笔触也相当娴熟。但仅此而已。在内行人眼里，他的画已在此完全停止了，找不到思维的延展。同样是停止，但他连艺术上的"死胡同"也没进入，只是"夭折"罢了。

她瞥了一眼德国学画生，他的表情在无言中所流露出来的结论也和她一样。如此而已。唯独捷克人以惶惶然的眼神盯视着她的一举一动。

道了谢准备离开捷克人房间时，她的目光忽然盯在门旁放着的一幅画上——一幅二十英寸电视荧屏大小的横置油画。与别的画不同，这幅画里有什么在喘息。不是什么了不得的东西，实在微弱得很，盯视之间很怕它萎缩消失。但它的确是在画中喘息，尽管那般微乎其微。她请捷克人把其他画撤去一边，空出雪白的墙壁把这幅画立起来细看。

"这是我来纽约后最先画的。"捷克人局促地快速说道，"来纽约第一个夜晚，我站在时代广场一个路口看街看了好几个钟头，然后回房间用一个晚上画出来的。"

画的就是坐在出租车后座的年轻男子。以照相机来说，就是在镜头正中稍偏一点点的位置把男子摄了下来。男子脸侧向一边，目视窗外。长相漂亮，燕尾服，白衬衣，黑领结，白围巾。有点像舞男，但不是。作为舞男他缺少什么——一句话说来，就是缺少类似被浓缩了的饥渴感的东西。

当然他并非没有饥渴感。哪里去找没有饥渴感的年轻男人呢？只是他身上的饥渴感表现得实在过于抽象，在周围人眼里——即使在他自己眼里——仿佛是有点特别的、处于形成过程中的某种见解（point of view）。就好像蓝色的雾霭，知道它存在，但捕捉不到。

夜色也恰如蓝色的雾霭笼罩着出租车。从车后玻璃窗可以看见夜色，看见的也只有夜色。蓝底色融入了黑与紫。色调非常雅致。就像埃林顿公爵[1]管弦乐团的音调，雅致而浑厚，浑厚得似乎手往上一触，五指便会统统给吮吸进去。

男子脸歪向一边，但他什么也没看。纵使玻璃窗外有什么景致出现，也绝不会在他心头留下任何刮痕。车持续前行。

"男子要去哪里呢？"

"男子要回哪里呢？"

---

[1] Duke Eilington（1899—1974），美国爵士乐钢琴手，作曲家。

对此,画面什么也没有回答。男子被包含在出租车这一有限的形式中。出租车则被包含在移动这一天经地义的原则中。车在移动。去哪里也好回哪里也好,怎么都无所谓,哪里都无所谓。那是巨幅墙壁上开的一个黑洞,既为入口,又是出口。

不妨说,男子是在看那个黑洞。他嘴唇很干,仿佛急需一支烟。但由于某种原因,烟远在他手够不到的地方。他颧骨突出,下颌尖尖,尖得如被暴力削尖了一般。那里有一道伤痕般细弱的阴翳,那是看不见的世界里一场无声的战斗所留下的阴翳。白围巾遮住了那道阴翳的尖端。

"结果我出一百二十美元为自己买下了那幅画。作为一幅画的价钱,一百二十美元固然不多,但对当时的我来说,还是被剜了一刀的。那时我正怀着孕,丈夫找不到工作。丈夫是off－off Broadway[1]的演员,有事做也挣不了多少钱。生活费主要靠我来挣。"

说到这里,她停下喝了口葡萄酒,似乎想用酒来触发往事的回忆。

---

[1] 美国以纽约的格林威治村为中心进行演出的前卫剧团,一般译为"外外百老汇"。

"中意那幅画？"我试着问。

"画并不中意。"她说,"刚才也说了,画本身也就比外行笔下的强一点点,不好也不坏。我中意的是画上的年轻男子,是为了看那男子才买画的,没别的目的。捷克人为画得到承认而喜出望外,德国小伙子也有点吃惊,但他们怕是永远理解不了的,理解不了我买那幅画的真正意图。"

圣诞歌曲磁带也至此转完,随着"咔嚓"一声响,深重的沉默笼罩了我们。她在粗花呢裙子上叉起手指。

"那时我二十九岁。按一般说法,我的青春快过去了。我是想当画家才到美国来的,结果画家没当成。我的手不如我的眼睛厉害。我什么东西也没能用自己的手创造出来。那画上的男子,我总觉得他就像是我自身失却的人生的一部分。我把画挂在住所房间墙上,每天看着它过日子。一看到画上的男子,我就痛感自己的损失是何等惨重,或者是何等轻微。

"丈夫常开玩笑,说我恋上了那个男子。我总是一声不响地盯视那幅画,也难怪他那么想。但他没有说对。我对那男子怀有的感情类似sympathy。我所说的 sympathy 不是同情不是共鸣,而是指两人一起品味某种无奈。您可明白？"

我默然点头。

"由于看出租车上的男子看得太久了，不觉之间他竟成了另一个我自己。他理解我的心情，我理解他的心情。我懂得他的无奈：他被禁锢在名叫平庸的出租车中，他无法挣脱出来，永远，**真正的永远**。平庸让他在那里栖身，把他囚在以平庸为背景的牢笼里，您不觉得可悲吗？"她咬着嘴唇，沉默了一阵，又开口道，"总之就是这么一件事，没有艺术感染力没有冲击力，什么都没有，感性也好皮肤性冲击也好都谈不上，但如果您问留在心中最久的画，倒有这么一幅，只此一幅。这样理解可以么？"

"有一点想问，"我说，"那幅画现在还在吗？"

"不在了，"她应声回答，"烧掉了。"

"什么时候？"

"一九七一年，一九七一年五月。觉得倒像最近的事，实际上快过去十年了。各种麻烦事一个接着一个，使得我决心和丈夫分手返回日本，孩子也放弃了。具体的我不太想说，请允许我省略掉。那时我什么都不想要了，无论什么，包括那里俘虏过我的所有理想、希望、爱、以及它们的残影，一切的一切。我从朋友那里借来皮卡，把房间里所有东西运到空地，浇上煤油烧了。'出租车上的男人'也在里边。您不觉得那情景挺合适放感伤音乐？"

她微微一笑，我也报以微笑。

"烧画我并不可惜。因为烧在使我本身获得解放的同时也解放了他。他通过烧而得以从平庸牢笼中解放出来。我烧了他，烧了我的一部分。那是一九七一年五月一个天朗气清的下午。之后我回到了日本。您看，"她手指房间四周，"就这个样子。我在经营画廊，生意一帆风顺。怎么说好呢，我有经商才能吧，肯定。现在独身，没什么难受的，也过得挺舒服。不过，'出租车上的男人'的故事并没有在一九七一年五月下午纽约的一块空地上结束，还有下文。"

她从烟盒里取出一支烟，用打火机点燃。摄影师轻咳一声，我在椅子上换个姿势。烟徐徐上升，被空调机吹散消失。

"去年夏天，在雅典街头遇上了**他**，是**他**，是'出租车上的男人'，没错，的确是**他**。我在雅典出租车的后座同他坐在了一起。"

那完全是偶然。她正在旅行，傍晚六时许从雅典埃及广场前搭

| 出租车上的男人 |

出租车去瓦西里西斯·索菲亚斯（Vasilissis Sofias）大街，那年轻男子在奥莫尼亚广场（Omonia Square）那里上来坐在她身旁。在雅典，只要方向一致，出租车尽可让客人同乘。

男子身材颀长，非常标致，穿燕尾服打领结（这在雅典是很少见的），一副前去出席重要晚会的样子，从头到脚没有一处不同她在纽约买的那幅画中的男子一模一样。一瞬间，她觉得自己产生了天大的错觉，就好像在错误的时间里跳进了错误的场所，又似乎自己身体浮在离地十厘米的空中。她头脑一片空白，好一会才一点点回过神来。

"哈啰！"男子微笑着向她打招呼。

"哈啰！"她几乎条件反射地应道。

"日本人吧？"男子用漂亮的英语问。

她默默点了下头。

"日本去过一次。"他说。然后像要测量沉默的长度似的抬手伸开五指。"公演旅行。"

"公演？"她仍有些神思恍惚地插嘴道。

"我是演员。希腊国立剧院的演员。希腊古典剧知道吧？欧里庇得斯、埃斯库罗斯、索福克勒斯……"

她点点头。

"总之就是希腊，古代的东西再好不过。"说到这里，他微微一笑。话题告一段落，他修长的脖颈扭向一边，观望起了窗外的风景。经他一说，看上去他的确只能是演员。他久久目视窗外，纹丝不动。体育场大街（Stadiou Street）挤满了通勤车，出租车只能缓慢移动。男子毫不在乎车速，只管盯视着商店橱窗和电影院广告。

她拼命清理思绪，将现实放进真切的现实框内，将想象归入确切的想象之中。然而情况仍毫无改变：她在七月雅典街头的出租车中同画上的男子相邻而坐，千真万确！

如此时间里，车终于通过体育场大街，穿过宪法广场，驶入索菲亚斯大街。再过两三分钟车就开到她下榻的宾馆了。男子仍默然眼望窗外。傍晚惬意的和风轻拂他的软发。

"对不起，"她对男子说道，"这就去哪里出席晚会么？"

"嗯，当然。"男子转向她说，"是晚会，非常盛大的晚会。各种各样的人前来碰杯。大概要持续到天亮吧。我倒是要中途退席。"

车到宾馆门口停下，负责出租车的男侍应生把门打开。

"祝你旅途愉快！"男子用希腊语说。

"谢谢。"她应道。

目送出租车消失在傍晚汹涌的车流之中，她走进了宾馆。淡淡的暮色如随风游移的薄膜在城市的上空往来彷徨。她坐在宾馆酒吧里喝了三杯伏特加汤力（Wodka Tonic）。酒吧**悄无声息**，除她之外没有别的顾客，暮色还没有降临到这里。她觉得简直就像自身的一部分忘在了出租车里。仿佛她的一部分仍留在出租车后座，正同那穿燕尾服的年轻男演员一起往一处晚会厅赶去。那是一种残存感，一种和下得摇摇晃晃的船而站在坚固的地面时的感觉完全相同的残存感。

经过长得想不起有多长的时间，当心中的摇摆结束时，她身上的某种东西永远地消失了。她可以清楚感觉到它的消失。那东西没有了。

"他对我说的最后一句话仍然真切地回响在耳畔：'祝你旅途愉

快！'"说到这里,她在膝头合起双手。"不认为这句话很妙么？每当记起这句话时,我就这样想:自己的人生已经失去很多部分,但那不过是一部分的终结,而往后还是可以从中获得什么的。"她叹息一声,嘴角稍微拉向两侧笑了笑。"'出租车上的男人'的故事这就结束了,完了。"她说,"抱歉,说这么久。"

"哪里哪里,非常有趣。"我和摄影师说。

"这故事里有个教训,"她最后说,"一个只能通过自身体验学得的宝贵教训。那就是:人不能消除什么,只能等待其自行消失。"

她的话就此终止。

我和摄影师喝干杯里剩下的葡萄酒,道谢离开画廊。

我很快将她的话整理在稿纸上,但因当时杂志篇幅有限,怎么也没能报道出去。现在能以如此形式发表,我感到无比欣慰。

游泳池畔

三十五岁那年春天，他确认自己已拐过了人生转折点。

不，这么说并不正确。正确的说法应该是：他**决心**在三十五岁那年春天拐过人生转折点。

当然，任何人都无从晓得自己的人生还将持续多少年。假如活到七十八岁，他的人生转折点便是三十九。而到三十九尚有四年余地。综合考虑日本男性的平均寿命和他本身的健康状况，七十八这一寿命倒也不是过于乐观的假设。

尽管如此，他对将三十五岁生日定为自己人生转折点仍然毫不动摇。只要他有意，是可以让死一步步远离的，问题是长此以往，自己势必迷失明确的人生转折点。本已认可的寿命由七十八而八十，由八十而八十二，由八十二而八十四——人生就是这样被一点点抻长，某日忽然意识到自己年已五十，而作为转折点五十岁未免太迟了。长命百岁的人究竟能有几个？人便是这样在不知不觉之间迷失人生转折点的，他这样想道。

一过二十，他就觉得"转折点"这一念头对于自己的人生乃是必不可少的要素。他的基本想法是：要了解自己，就必须了解自己立足的准确位置。

上初中到大学毕业差不多十年时间他是作为拔尖游泳选手度过的这一事实，也可能给他上述想法以不小的影响。的确，游泳这项运动是需要一段段区分开来的——指尖触及池壁，同时像海豚一样在水中一跃，一瞬间改变身体方向，再用脚底板狠蹬池壁冲入后半程二百米。这就是转折。

倘若游泳比赛既无转折又没有距离显示，一口气游完四百米这项作业无疑是黑暗无助的地狱之旅。唯其有转折，他才可以将四百米分成两部分。"至少游完一半了，"他想。继而又将二百米分成两半。"四分之三游完了。"往下再一分为二……长长的泳道便是这样被一段段切分下去的。随着距离的切分，意志也被切分，就是说，心里想的是反正游完下一个五米再说，而游罢五米，四百米距离便

| 游泳池畔 |

缩短了八十分之一。正因有如此想法,在水中时他才能不顾恶心不顾抽筋而全力游完最后五十米。

至于其他选手到底是以怎样的念头在游泳池中往返的,他不得而知,但至少对他来说,这种切分方式最合自己脾性,也是最稳妥的想法。他在五十米泳道游泳池中认识到这样一个事实:无论事物看起来多么高不可攀,无论与其对抗的自我意志多么渺小可怜,只要五米五米切分下去,都不是不可战胜的。对人生而言,最关键的是要有明确到位的认识。

所以,在第三十五个生日近在眼前之时,他毫不犹豫地决定以此作为自己的人生转折点。没什么好怕的,完全没有。七十年的一半是三十五,这何尝不好!他想,假如过了七十载还能活着,那么心安理得地活着就是,但正式的人生是七十年。他决心全速游完七十年。那样,自己肯定可以大体顺利地度过此生。

至此已过完一半。

他这样想道。

一九八三年三月二十四日是他第三十五个生日，妻送给他一件绿色开司米毛衣，傍晚两人去青山一家常去的餐馆开了一瓶葡萄酒，吃了鱼，之后在一家幽静的酒吧喝了三四杯金汤力（Gin Tonic）。关于"转折点"，他决定对妻只字不提。他十分清楚，此类看法在他人眼里往往显得神经兮兮。

两人乘出租车回家，做了次爱。他冲罢淋浴去厨房拿一罐啤酒，折回卧室时，妻已酣然睡了过去。他把自己的领带和西装挂进立柜，将妻的丝绸连衣裙悄悄叠放在桌上，衬衫和丝袜团作一团扔进浴室脏衣篮。

他坐在沙发上独自喝啤酒，看了一会儿妻的睡相。一月她刚满三十，仍在分水岭的**彼侧**，而他已在分水岭的**此侧**。如此想着，觉得颇有些不可思议。他喝干余下的啤酒，双手抱在脑后，不出声地笑了。

当然，修正是可能的。只消把人生重新定为八十年即可。这样，turning point[1]就是四十，他就可以在**彼侧**再逗留五年时间。但对此的回答是 no。他已在三十五岁过了 turning point，而这不亦快哉！

他又去厨房拿一罐啤酒喝了，然后脸朝下倒在起居室的音响装

---

[1] 英语"转折点"之意。

置前,戴上耳机听布鲁克纳(Anton Bruckner)的交响曲,听到凌晨两点。每次深更半夜一个人听布鲁克纳悠长的交响曲,他都感到某种皮肉的欣喜,那是只能在音乐中感受的无可言喻的欣喜,时间与精力与才华的波澜壮阔的消耗……

※

有一点要先交待一下,我可是从头至尾把他对我说的如实记录在这里的。某种文字润色固然有,并擅自删除了大约不必要的部分,也有的地方由我发问来补充细节,还有的地方发挥了——尽管少而又少——自己的想象力,但总体上你不妨认为这篇文章是他的原话。他的讲述简明扼要、用词准确,必要部分甚至详细描绘了场景。他是那一类型的人。

他是在一家会员制体育俱乐部游泳池畔的露天咖啡馆里向我说这番话的。

※

生日第二天是星期日。七点钟睁眼醒来,他马上烧水煮热咖啡，吃了生菜黄瓜色拉。少见的是，妻仍在大睡特睡。吃罢饭，他边听音乐边认认真真做了十五分钟体操，那是他在大学游泳部时代就训练有素的相当累人的体操。之后冲温水淋浴，洗头，剃须，又花了很长时间细细刷牙。刷牙粉用得极少，牙刷在每一颗牙齿的里外两侧缓缓移动。齿与齿之间的秽物则用牙线剔除。卫生间里仅他的牙刷就放有三种。为了避免排他习惯，他轮换使用，一次一种。

这种晨间仪式一一进行完毕，他没有像往常那样出门去附近散步，而是以刚降生时的姿势站在更衣室墙壁上那面同人一般高的镜子面前仔细检查自己的身体。毕竟是后半生第一个早晨。就好像医生给初生婴儿体检，他带着莫名的激动上上下下打量自己的身体。

先从头发开始，往下依序是面部皮肤、牙、下颌、手、前腹、侧腹、阴茎、睾丸、大腿、小腿。他花足时间逐一确认，将"+""-"号记入头脑里的清单。头发较二三十岁时多少薄了些，但还不至于让人耿耿于怀，估计能就这样坚持到五十岁。往后的事往后考虑不迟。假发也有制作精良的，何况自己的头形又不差，全秃了也不至于惨不忍睹。牙齿由于年轻时便有命中注定的虫牙而植入了相当数量的假牙，好在三年前开始刷牙刷得一丝不苟，状态已彻底稳定下来。"二十年前就这么坚持，现在一颗虫牙都不会有。"医生这么说道。诚哉斯言。但过去的事已然过去，叹息也无济于事。时至今日，维持现状就是一切。他问医生自己的牙齿咬东西到底能咬到几时，"六十岁问题不大吧，"医生说，"如果就这样好生养护的话。"足矣！

面部皮肤的粗糙也是与年龄相符的。由于气色好，乍看上去甚是年轻，然而凑近镜子细看，皮肤便现出微小的凹凸。每年一到夏天都晒得一塌糊涂，再说长期以来烟也吸得过量。往后得用高档洗面奶或润肤露才行。下颌的肉较预想的多些，此乃遗传所使然，无论怎么运动减肥，这层看上去如薄薄积雪的软肉也是绝对抖落不掉的。这点随着年龄的增长愈发奈何不得，迟早要像父亲那样变成双下巴，只能忍气吞声。

至于腹部，"+""-"大致可六四分。由于运动和计划性饮食，腹部比三年前明显地收敛了，就三十五岁而言成绩相当不俗。然而侧腹至背部的赘肉却是半生不熟的运动所难以削除的。横向看去，学生时代那宛如刀削的腰背直线已杳无踪影。阳具倒没什么变化，比之过去，作为整体诚然少了几分生猛，但也有可能是神经过敏的关系。性爱次数当然没往日频繁，但时下尚未尝到不举之苦。妻也没有性方面的不满。

整个看来，身高一米七三体重六十四公斤的躯体仍葆青春活力，为周围同年代男性所望尘莫及，即使说二十八也完全说得过去。肉体的瞬间爆发力固然有所衰减，但仅就持久力而言，由于坚持锻炼之故，甚至比二十几岁时还有增进。

但他慎之又慎的目光绝没看漏缓缓爬上自家身体的宿命式衰老的阴影。清楚刻录在脑海体检表里的"＋""－"平衡数据无比雄辩地说明了这一事实。就算再能蒙混别人的眼睛，自己本身也是蒙混不了的。

我正在变老。

这是难以撼动的事实。再怎么挣扎，人也是无法抗拒衰老的。和虫牙是一回事。努力可以推迟其恶化，问题是再怎么推迟，衰老也还得带走它应带走的部分。人的生命便是这样编排的。年龄越大，能够得到的较之所付努力就越少，不久变为零。

他走出浴室拿毛巾擦身,倒在沙发上呆愣愣地望了好一阵子天花板。隔壁房间里,妻一边熨烫衣服,一边随着收音机淌出的比利·乔尔(Billy Joel)的歌声哼唱不已。一首关于倒闭的炼钢厂的歌。典型的周日清晨。熨斗的气味和比利·乔尔和早晨的淋浴。

"老实说,年老本身对于我倒不足为惧,这我刚才也说了,而且执拗地抗拒难以抗拒的东西适合我的脾性。所以,这并不难受,也不痛苦。"他对我说。"对我来说,最成问题的是更为模糊不清的东西。知道就在那里,却没办法当面争斗——就是那么一种东西。"

"就是说那东西可多少感觉到了?"我试着问。

他点点头,"我想大概是的。"说罢,他在桌面上似乎不大舒服地动着手指。"当然啰,我也晓得一个三十五岁的男人在别人面前提起这样的事未免傻里傻气。这种难以把握的要素谁的人生中都是有的,是吧?"

"是的吧。"我附和一句。

"不过么,坦率说来,这么真真切切地感觉得出——感觉出自己身上潜伏着无可名状的捉摸不透的什么——对于我可是生来头一遭。所以，真不知道到底如何是好。"

我无法表示什么，遂默然。看上去他确实困惑，然而又困惑得甚是有条理。于是我不置一词，继续听他往下讲。

他出生在东京郊区，昭和二十三年[1]春生的，那是战后不久。有个哥哥，后来又有个小五岁的妹妹。父亲本来就是中等规模的房地产商，后来又涉足以中央线为中心的楼宇出租业务，六十年代经济起飞期间生意一飞冲天。他十四岁时父母离婚，由于复杂的原因，三个小孩都留在了父亲家里。

他从一流私立初中进入同一系列的高中，又自动扶梯式地升上大学。成绩也不坏。上大学后他就搬进父亲在三田的一座公寓。每星期有五天去游泳池游泳，剩下两天用来同女孩约会。到处拈花惹草固然谈不上，但在女人上面从来没有犯难，而又不曾同哪一个女孩交往到必须订婚那个深度。大麻也吸了，游行示威也在同学的劝诱下参加了。虽然没有正正经经学习，但课却是一次也不缺，因此

---

[1] 一九四八年。

成绩在一般人之上。他的做法是笔记一概不做。有做笔记的时间，还不如竖起耳朵专心听讲。

周围很多人都无法准确把握他的这种性格，家人也好同学也好结交的女孩子们也好，全都捉摸不透。谁都弄不清他心里想的什么。不怎么用功，脑袋看上去也不怎么好使，而取得的成绩却总是逼近前几名。一个谜。虽然他让人如此摸不着头脑，但是他与生俱来的坦诚与热情又把各种各样的人极其自然地吸引在自己身边。其结果，他本身也从中得到了许许多多好处。年长者那方面也有人缘。可大学毕业后，他并没像周围人预想的那样进入一流企业，而把去处选在一家谁都没听说过的不大的教材销售公司。一般人为此无不讶然，但他自有他的盘算。三年时间里他作为推销员跑遍了全日本的初中和高中，从软硬两方面详细考察了第一线的教师和学生需要怎样的教材，每一所学校往教材上投入多少预算也全调查了，回扣也了然于心。还同年轻教师们喝酒，他们发牢骚也听，他们上课也热心参观。不消说，这期间的营业成绩也连连拔取头筹。

进公司第三年秋天，他就新教材写了一本厚厚的企划书交给经理室——录像带和电脑直接相连，教师和学生共同参与软件制作。

堪称划时代的教育模式。只要解决若干技术问题，原理上是可行的。

经理单独拍板，以他为核心成立了课题组，两年后取得压倒性的成功。他制作的教材价格虽高，但并未到高不可及的程度。而且只要卖掉一次，由于有软件方面的售后服务，即使放任不管，公司也能坐享其成。

一切不出他所料。对他来说，那是家规模理想的公司。公司既未大到无聊的官僚式会议足以扼杀新方案的程度，又未小得拿不出资金，而且经营人员年轻气盛，干劲十足。

如此这般，三十岁之前他实质上便拥有了举足轻重的权限，年收入比同代任何人都多。

二十九岁那年秋天，他同两年前开始交往的小自己五岁的女子结了婚。她并不漂亮得令人屏息敛气，但也还是相当引人注目，顾盼生辉。教养也好，为人诚实，不得寸进尺，性格直率。牙齿非常好看。第一印象并不很深，但随着见面次数的增多，感觉越来越好。就是这一类型的女性。他以结婚为机会，以差不多白给的价格从父亲公司买下乃木坂一座公寓里的三室套间。

| 游泳池畔 |

婚后概无问题。两人非常欣赏对方,共同生活一帆风顺。他喜欢工作,她喜欢做家务,都更喜欢游玩。两人选择几对夫妇做朋友,一起打网球一起吃饭,还以十分便宜的价钱从其中一对夫妇那里买了他们想出手的半旧MG。车检时是比新型日本车多花钱,但东西的确便宜。那对夫妇因为有了小孩而淘汰了只能坐两个人的MG,他们两人决定暂时不要孩子。对两人来说,人生似乎刚刚开始。

第一次认识到自己已不那么年轻是结婚第二年的春天。他同样光着身子站在浴室镜前,发现自己身体的线条和以往截然不同,简直成了另一个人。总之,二十二岁之前游泳锻炼的肉体遗产,这十年间已坐吃山空。酒、美食、都市生活、跑车、安稳的性生活以及运动不足,使得肥肉这一丑恶的赘物爬上了他的躯体。他想,再过三年自己毫无疑问将沦为丑陋的中年男人。

他先找牙医将牙病根除,继而同减肥顾问签约,制订出综合减肥食谱。首先削减糖分,限制米饭,甄选肉类。酒只要不过量,饮也无妨;烟则不超过十支。肉食定为一星期一次。不过,他认为不必对什么都神经兮兮,在外边吃饭时按八分饱吃自己喜欢的东西。

关于运动,他完全晓得自己该做什么。在消除脂肪方面,网球和高尔夫等华而不实的玩意儿是没有意思的,每天做二十至三十分钟正正规规的体操,辅以适度的跑步和游泳,应该行之有效。

七十公斤的体重八个月后减为六十四公斤。鼓鼓囊囊的肚皮瘪了下去,可以清楚地看见肚脐了。脸颊变瘦,肩幅变宽,睾丸位置较以前下移,两腿变粗,口臭减少。

还找了个情人。

对方是古典音乐会上因邻座而相识的小九岁的女子,算不得美人,但有一种讨男人喜欢的地方。听完音乐会两人饮酒,睡了。她是单身,在一家旅行分社工作,除他以外还有几个男友。他也好她也好,双方都无意深入。两人每个月在音乐厅约会,睡一两次。妻对古典音乐毫无兴致,他这温和的外遇得以平安无事地持续了两年。

通过性爱他意识到一个事实:对于性他已得心应手。这点令他吃惊不小。他三十三岁,但可以恰到好处地完整提供一个二十四岁女人所需求的东西。对于他,这是个新的发现。**他能够提供那个**。

但是,脂肪可以去掉,青春却无法返回了。

他躺在沙发上,给这天的第一支烟点上火。

这便是他的前半生、三十五年份额的**彼侧**人生。他在追求,并把追求的对象大多搞到了手。他是做了努力,但运气也好。他拥有干得起劲的工作拥有高收入拥有美满的家庭拥有年轻的情人拥有健壮的体魄拥有绿色 MG 拥有西方古典音乐唱片大全。他不知道此外还需要什么。

他就这样在沙发上吸烟。无法很好地思考问题。他把香烟戳进烟灰缸碾灭,怅然仰视天花板。

比利·乔尔这回唱的是关于越南战争的歌曲。妻仍在熨东西。一切无可挑剔。然而回过神时他已哭了。热泪从双眼涟涟而下。泪珠顺着脸颊滚落下来,在沙发垫上留下**泪痕**。自己怎么哭了?他无法理解。哭的缘由应该一个都没有。也许比利·乔尔的歌唱使然,或者熨斗气味的关系亦未可知。

十分钟后妻熨罢来他身旁时,他已止住哭泣,并把沙发垫翻了过来。她挨他坐下,说想更新客用坐垫。作为他对客用坐垫之类怎么都无所谓，回答随你更新好了。她于是满足了。之后两人去银座，看了弗朗索瓦·特吕弗（François Truffaut）的新电影。结婚前一同看过《野孩子》（The Wild Child）。新作虽说没有《野孩子》那么有趣，但也不差。

离开电影院，两人走进酒吧，他喝啤酒，她吃栗子冰淇淋。之后他去唱片店买了比利·乔尔的密纹唱片，里面收有关于倒闭的炼钢厂和越战的歌曲。他并不觉有多么动听，但很想试一下，看再听一次自己会有怎样的心情。

"怎么想起买什么比利·乔尔的唱片来了？"妻吃惊地问。

他笑而未答。

*

露天咖啡馆的一侧是玻璃幕墙，可以将整个游泳池尽收眼底。游泳池天花板带有细细长长的天窗，从其间射下的阳光在水面微微摇颤。有的光线直达水底，有的反射在白色无机墙壁上，绘出并无意味的奇妙花纹。

从上面静静俯视，觉得游泳池正在一点点失去作为游泳池的现

| 游泳池畔 |

实感，我想大概是池水过于透明的缘故。由于游泳池的水清澈得超乎需要，水面与水底之间看起来仿佛生出空白部分。游泳池里，两个年轻女郎和一个中年男人在游来游去。较之游，更像在那空白上静静滑移。游泳池畔有一座涂成白色的观察台，身材魁梧的年轻安全员百无聊赖地怔怔注视水面。

如此大体说罢，他扬手叫来女侍应生，又要了瓶啤酒。我也要了自己那份。啤酒上来前，两人再次心不在焉地观望水面。水底印出泳道隔绳和泳者的影子。

我和他相识才两个月。我们都是游泳俱乐部的会员，可说是游泳同伴，矫正我自由泳右臂摆动姿势的也是他。有几次我们游罢，在同一个露天咖啡馆喝着冰镇啤酒闲聊。一次聊起双方的工作，我说我是小说家，他沉默良久，而后问我能否听他说点什么。

"是关于我自己的。"他说，"事情总的说来平庸无奇，也许你觉得无聊，但我一直想找个人谈谈。自己一个人闷在肚里，闷到什么时候都好像化解不了。"

我说没关系。看上去他不像就鸡毛蒜皮小事絮絮不休而给对方添麻烦那类人。既然他特意要对我说什么，那么必有值得我倾听的内容，我想。

于是他讲了这番话。

我听了他这番话。

"嗳，作为小说家对这些话你怎么想？觉得有趣？还是无聊？希望你**如实**回答我。"

"我觉得这里边包含着有趣的因素。"我小心翼翼地如实回答。

他微微一笑，摇了几下头。"或许。不过我是全然搞不清到底什么地方有趣，抓不住故事中心的某种大约可以称为妙趣的东西。如果能很好抓住，我觉得我就能更充分地理解我周围的状况。"

"是那样的吧，大概。"我说。

"你可知道我说的这些的妙趣在哪里？"他盯着我的脸说。

"不知道。"我说，"不过我认为你这些话里有非常有趣的地方，如果通过小说家的眼睛看的话。至于究竟哪里有趣，不实际动笔写到稿纸上是不晓得的。我这个人，不写成文字许多事物的样子就辨认不清。"

"你的意思我明白。"他说。

往下我们沉默少顷,各喝各的啤酒。他身穿米黄色衬衫,外面罩了一件淡绿色开司米毛衣,支颐坐在桌旁。修长的无名指上银质戒指一闪一闪。我约略想象了一下那手指爱抚妩媚的妻子和年轻情人的光景。

"你说的这些写下来也可以的,"我说,"问题是有可能在哪里发表哟!"

"无所谓的,随你。"他说,"我倒觉得发表了更好。"

"女孩的事可要曝光,那也不怕?"依我的经验,以实有人物为原型写东西,百分之百要被周围人猜出。

"不怕。这点思想准备还是有的。"他真的一副无所谓的样子。

"曝光也可以的?"我再次确认。

他点点头。

"说实话,我不喜欢对谁说谎。"分别时他说,"即使知道说谎也不伤害谁,也还是不想说谎。不愿意那样蒙骗谁利用谁来打发余下的人生。"

我想应一句什么，却未顺利道出。因为他说的是对的。

现在我也时常同他在游泳池见面。已不再深谈什么，无非在游泳池畔聊天气聊最近的音乐会罢了。至于他读了我这篇东西作何感想，我揣度不出。

献给已故的公主

伤害他人感情是她天生的拿手好戏。这也是一向娇生惯养因而被彻底毁掉的美少女的惯常做法。

当时我很年轻（才二十一或二十二），对她这种禀性感到相当不快。如今想来，觉得她大概习惯于通过伤害他人来同样伤害自己本身，此外找不出控制自己的方法。所以，假如有个人——处于远为比她强有力的立场的人——准确无误地切开她身体某个部位而将其利己欲释放出来，她理应舒畅得多。她也在寻求救助，想必。

然而她四周比她强的人一个也没有。拿我来说年轻时也没想那么多，单单不快而已。

一旦她出于某种缘由——毫无缘由可言的时候也屡见不鲜——决意伤害一个人，那么即使以王者之师也是无从防御的。她以巧妙的手段将可怜巴巴的牺牲品在众目睽睽之下诱入死胡同,挤进墙角,活像用**木铲**压烂煮透的马铃薯一样将对方**治**得服服帖帖,剩下的唯薄纸般的残骸而已。如今想来我都认为那本事的确非同小可。

她绝非能言善辩之人,但可以一瞬间嗅出对方情感上的弱点,就好像某种野生动物一动不动地埋伏下来窥伺时机,以便一口咬住对方柔软的喉管撕开一样。大多时候她所说的无非自以为是的牵强附会,无非机智巧妙的虚与委蛇,所以事后慢慢想来,无论吃亏的当事人还是旁观的我们都觉得莫名其妙——何以那般轻易地束手就擒了呢?总之,当时是给她紧紧抓住了弱点,以致全然脱身不得,即所谓拳击的"麻腿"状态,只能倒地了事。所幸我从未栽在她手里,但类似场面我目睹了好几次。那既非争论又非口角,甚至吵架都不是,而完全是充满血腥味的精神虐待。

我非常讨厌她的这一方面,而她周围大多数男人都以完全一致的理由给她以高度评价。他们认为"那孩子聪明有才"。而这又助长了她的那一倾向。即所谓恶性循环,找不到出口。如同《小黑人桑布的故事》(The Story of Little Black Sambo)里出现的三只虎,要围着椰树一直跑到变成黄油。

至于圈子里的其他女孩当时是如何看待她评价她的，遗憾的是我无从知晓。我同他们那个小圈子多少保持着距离，是以所谓客队资格和他们交往的，因此跟谁都没要好到足以套出女孩子真心话的地步。

他们基本上是滑雪同伴，好比三所大学的滑雪爱好者协会，然而其中又一伙伙地分别凑在一起，形成奇妙的组织。他们寒假时因滑雪而长时间合住在一处，别的假期也聚在一起训练、喝酒，或一同去湘南海岸游泳。人数大约十二三人，全都衣着得体，整洁利落，态度和蔼，但现在叫我特别想起其中某一个人，我绝对想不起来。那十二三个人在我脑袋里如融化的巧克力一样完全搅和在一起，作为整体印象已无法再分，辨认不出哪个是哪个，当然她是例外。

对滑雪我可以说是毫无兴趣，但由于高中时代一个朋友属于这个小圈子，而我又因故在这个朋友的宿舍住了一个月，所以也就同小圈子的成员打起了交道，并相应地为他们接受。会计算麻将点数我想也是一个原因。总之——前面也说过了——他们对我非常和蔼客气，以致还邀我去滑雪。我拒绝了，说自己除了俯卧撑对别的没有兴致。现在想来，是不该那样说话的。他们的的确确是真心相邀。就算真的较滑雪更喜欢俯卧撑，也是不该那样说的。

在我记忆的限度内，和我同住一起的这位朋友由始至终都对她如醉如痴。她确实是差不多所有的男性都为之痴情的那类女子。拿我来说，假如在多少不同的情况下遇见她，也可能一见钟情，魂不守舍。以文字来表述她的美丽是较为容易的，只要抓住三点，即可概括其基本特质：一、模样聪明；二、充满活力；三、冶艳。

她虽然瘦小，但体形匀称得无与伦比，看上去全身充满生机。眼睛闪闪生辉，嘴唇抿成一条直线，透出几分固执。尽管平时脸上的表情不无冷漠，但有时也会莞尔一笑，于是周围空气仿佛发生了奇迹，顿时柔和下来。对于她的为人我固然不怀好感，唯独这莞尔一笑却是让我中意，别的另当别论，这点不容你不动心。很久以前上高中时在英语课本上读过一个句子"arrested in a springtime"[1]——她的微笑正是这种感觉。究竟有谁会对和煦的春光横加指责呢？

她没有关系明确的固定恋人，因此圈子中的三个男人——我的朋友当然是其中一员——都对她一往情深。她并不把目标特别定在

---

[1] 意为"被春天所俘获"。

某人身上,而是随机应变地巧妙对待三个男人。三人虽然暗地里较劲,但至少表面上彬彬有礼,和平共处。这光景让我感到别扭,不过说到底那是别人的问题,与我无关,不是由我说三道四的事。

看第一眼我就讨厌她。在被宠坏上面我算是个小小的权威,因此对于她是如何被宠坏的自是了如指掌。娇惯、夸奖、保护、给东西——她便是在这种情况下成长起来的。问题不光是这些。娇惯和给零花钱这种程度的事并非宠坏孩子的根本原因。最重要的是由谁承担责任来保护孩子免受周围大人成熟而扭曲的种种情感发射的影响。当任何人都在这一责任面前缩手缩脚而只是一味对孩子装老好人的时候,孩子笃定要被宠坏。恰如在夏日午后的海滩上赤身裸体暴露在强烈的紫外线下,孩子们那柔弱的刚刚萌芽的 ego[1] 势必受到无可挽回的损伤。说到底这点最为致命。娇惯也好乱给钱也好,终究是附属性的次要因素。

第一次见面交谈了三言两语,又观察一会儿她的举止言行,说实在话,我就已经腻到顶点了。我觉得,即使原因出在别的什么人身上,她也是不该那副样子的,哪怕可以下定义说正因为人的 ego

---

[1] 意为自我、自己、利己之心。

多少有所差异所以人在本质上都是另类。就算那样，她也应付出某种努力才是。所以自那以来，我尽可能不去接近她，虽说不算是回避。

听别人说，她是石川县或那一带什么地方自江户时期便代代相传的一家高级旅馆老板的女儿。有个哥哥，但年龄相差较大，因此她是被当作独生女娇惯起来长大的。学习成绩一直名列前茅，加之长相漂亮，在学校里总能得到老师宠爱，在同级生里被高看一眼。因为不是直接从她口里听来的，多大程度上实有其事我不甚明了，但事情是可能有的。此外，她从小就练钢琴，这方面也达到相当水准。我在别人家里听她弹过一次。对音乐我不太内行，演奏的情感深度难以判断，但音的弹奏锐利得令人心惊，至少没有弄错音符。

这么着，周围人都以为她理所当然应该上音乐大学走专业钢琴手之路，不料她断然放弃钢琴，进了美术大学，开始学习和服的设计和着色。这对于她完全是未知领域，但自小在传统和服的包围中长大而有经验性直觉——也是由于这个缘故，在这一方面她也展现了引人注目的才华。总之，无论走哪条路她都比一般人要驾轻就熟，就是这么一种类型。滑雪也好帆船也好游泳也好，叫干什么都出类拔萃。

这样一来，四周任何人都无法轻易指出她的缺点了。她的不宽容被视为艺术家气质，歇斯底里倾向被认为是超乎常人的敏锐的感受性。一来二去，她成了圈子里的女皇。她住在父亲作为避税对策而在根津买下的两室新潮公寓里，兴致上来弹弹钢琴，立柜里塞满时装。只消她一拍手（当然是比喻），几乎所有事情都会由几个热情的男友料理妥当。一部分人相信她将来会在此专业领域取得相当大的成功。当时似乎没有任何东西能阻碍她的脚步。一九七零年或七一年，也就那个时候。

由于一个奇妙的机遇，我抱过她一次。虽说抱，可也并非性交，单纯是物理性拥抱。简单说来，大醉后大家横躺竖卧，意识到时正巧她睡在身旁，如此而已。常有的事。但我至今仍清楚——清楚得近乎奇异——记得当时的情景。

我睁眼醒来是凌晨三点，往旁边一看，她和我裹同一条毛毯，很惬意地睡得呼呼有声。时值六月初，正是一起挤睡的绝好时节。由于没铺褥垫直接躺在榻榻米上，就算再年轻，身体也到处作痛。

何况她以我的左臂为枕,想动也动弹不得。喉咙干得叫人发疯,却又不能把她的头拨去一边,也不好轻轻抱起她的脖颈将胳膊趁势抽出。因为那样做的过程中她必然醒来,结果若是她莫名其妙地误解我的行为,我可就吃不消。

略一思索,最后决定一动不动,暂且等待情况变化。过一会儿她也可能翻身,那一来我即可以撤回胳膊去喝水。不料,她竟纹丝不动,只管脸朝着我重复有规则的呼吸。我的衬衣袖子被她呼出的气弄得潮乎乎热乎乎的,给我一种奇异的痒感。

我这样等了十五或二十分钟。见她还是不动,只好打消了喝水的念头。喉头诚然干燥难耐,但不马上喝水也不至于死掉。我在注意不动左臂的同时好歹扭过脖颈,发现枕边扔着谁的烟和打火机,便伸出右手拉过,吸了支烟,尽管十分清楚这一来喉头会愈发干渴。

岂料实际吸罢烟,将烟头戳进手边的空啤酒罐熄掉之后,喉咙干渴的痛苦居然比吸烟前减轻了许多,不可思议。于是我吁了口气,闭上眼睛,设法再睡一觉。宿舍楼附近有条高速公路通过,来往行驶的夜班卡车那仿佛被压瘪了似的轮胎声,透过薄薄的窗玻璃微微摇颤着房间空气,几个男女熟睡的呼吸声和不大的鼾声同其混合在一起。一如半夜里在他人房间醒来的普通人，我也在想"自己到底在这种地方搞什么名堂"。的确毫无意义，完全是零。

同女孩闹别扭而落得被扫地出门的下场，一头住进朋友的宿舍，不滑雪却又加入到滑雪同伴的小圈子中来，最后竟把胳膊借给横竖都喜欢不来的女孩当枕头——一想都心灰意冷。自己本不该做这等事的。可是若问做什么合适，却又一筹莫展。

我不想再睡，重新睁开眼睛，茫然望着从天花板垂吊下来的荧光灯。这时间里，她在我左臂上动了一下。但她并未因此把我的左臂解放出来。相反，简直像要滚进我怀里似的紧紧贴住我的身体。她的耳朵就在我的鼻端，发出即将消失的昨晚的香水味儿和微微的汗味儿。略略弯曲的腿触在我**大腿根**。呼吸一如刚才，安谧而有规则。温暖的呼气呼在我喉结上，侧腹偏上的位置有她柔软的乳房随之一上一下。她身穿紧身针织衫和喇叭裙，我得以真切感觉到她身体的曲线。

情形甚是奇妙。若在其他场合，对象又是别的女孩，我想我恐怕可以相当庆幸这样的处境。问题在于对象是她，这使我极为困惑，说实话，我全然不知道如何应付现在的场面。怎么做都觉得自己的处境傻气透顶，无可救药。更尴尬的是，我的阳物竟紧紧贴着她的腿并开始变硬。

她则始终以同一调子睡得呼呼有声。尽管如此，估计她也该清楚意识到我阳物形态的变化才是。稍顷，她悄悄伸出胳膊——简直就像睡眠本身的延长——拢住我的后背，在我怀里稍微变了变身体的角度。而这一来，她的乳房更紧地挤在我的胸口，我的阳物触到了她软软的小腹，情况进一步朝糟糕的方向发展。

我固然为自己被逼入如此境地而对她有些气恼，但与此同时，怀抱美貌女郎这一行为也包含着某种类似人生的温煦的东西，而这如烟似雾的朦胧情感已然把我的身体整个笼罩其中。我已完全无路可逃。她也清楚地觉察到我的这种精神状态，我因之而感到恼火。可是在膨胀的阳物所带来的莫可言喻的倾斜失衡的妙趣面前，我的气恼早已毫无意义。我索性把闲着的一只臂绕去她的背后。这么着，我们形式上成了紧紧抱作一团。

尽管这样，我们都做出仍酣睡未醒的样子。我在胸口感受她的乳房，她在肚脐稍下一点的位置品味我硬硬的阳物的感触。我们却又久久一动不动。我凝视她小巧玲珑的耳轮和柔软得令人心悸的秀发的发际，她盯住我的喉结。我们在装睡当中考虑同一事情。我考虑把手指滑进她的裙子深处，她考虑拉开我的裤子拉链抚摸暖融融滑溜溜的阳物。匪夷所思的是，我们可以真真切切地感觉出对方的所思所想。这真是奇妙无比的感觉。她考虑我的阳物。她考虑的我的阳物简直不是我的阳物，而似乎是别的男人的阳物。但那反正是我的阳物。我考虑她裙子里那小小的内裤及其包裹的暖暖的阴部。她对于我所考虑的她的阴部，和我对于她所考虑的我的阳物，大概是同一个感觉。或者女孩子对于阴部和我们对于阳物在感觉上截然不同也未可知，个中情由我不大清楚。

犹豫再三，终究我没往她裙子里伸手指，她也没拉开我的裤子拉链。当时觉得控制这点好像十分不自然，但终究还是这样为好。假如再发展下去，我们都有可能陷入进退不得的感情迷途——我所感觉的，她也感觉到了。

我们以同一姿势拥抱了三十多分钟，及至晨光清晰地照出房间每一个角落，我们松开对方身体，睡了。松开后，我的四周也还是荡漾着她肌肤的气味。

那以后我一次也没见过她。我在郊外找到房子搬了去，就此疏远了那个奇特的小圈子。不过所谓奇特终究是我的想法，而他们大概一次也不曾认为自己有什么奇特。以他们的眼光看来，我这一存在恐怕奇特得多。

我同那位让我留宿一段时间的好友后来也见了几次，自然每次他都说起她来，但具体说的什么我已记不清了，想必是内容大同小异的缘故。大学毕业后那位朋友返回关西，我也相应增长了年龄。

年龄增长的一个好处就是怀有好奇心的对象范围趋于狭窄。随着年龄的增长，我接触奇人怪事的机会也较过去大为减少。偶然的契机有时也会使我想起往日见过的那些人，但那一如挂在记忆边缘的残片式风景，于我已唤不起任何感慨。既不怎么怀念，又没什么不快。

不过几年前偶然同作为她丈夫的人物见面聊过一次，他和我同岁，在一家唱片公司当编导，身材颀长，举止文雅，给人的感觉极好，发际简直像运动场草坪生成的漂亮直线。我是因工作关系见他的，该谈的谈完之后，他对我说："老婆以前说她记得您。"随即道出她的旧姓。姓名和她本人好一会儿没在我脑海里对上号，及至听到学校名称和会弹钢琴，我才好歹想到原来是**她**。

"记得的。"我说。

这么着，我得以知道她后来的轨迹。

"您的情况她是在杂志画页上什么的看到的，一下子就认了出来，说很叫人怀念。"

"我也怀念的。"我说。但我其实不认为她会记得我，较之怀念，更觉得有点不可思议。回想起来，我同她相处的时间极短，甚至话都几乎没有直接说过。想到自己的旧日形影留在了意想不到的地方，不由感到有些奇异。我边喝咖啡边回想她柔软的乳房、头发的气味以及自己勃起的阳物。

"人很有魅力啊！"我说，"身体好吧？"

"啊，算过得去吧。"他字斟句酌地缓缓应道。

"哪里不太好么？"我试着问。

"不，也不是说身体有多糟。只是，不能说是好的时期有那么几年。"

我判断不出自己该问到什么地步，遂随便点了下头。而且说老实话，我也不是很想知道她后来的命运。

"这样的说法怕是让您不得要领。"他嘴角浮起一丝笑意,"可是有的地方无论如何也很难说得有条理。准确说来,她的身体已恢复得相当不错了,至少比以前好许多。"

我喝干剩下的咖啡,略一迟疑,决定还是问个明白。

"打听不大好说的事或许不礼貌,莫不是她发生了不幸?听您的语气,似乎有什么不大顺畅的地方。"

他从裤袋里掏出红盒万宝路,点一支吸着。看情形吸烟吸得厉害,右手食指和中指的指节已经变黄。他看了一会儿自己这样的指尖。"只管问好了。"他说,"既不是有什么要瞒着世人,又不是身体有多坏。只是类似一种事故。这样吧,换个地方说,换个地方说好了,好吧?"

我们走出咖啡馆,在暮色苍茫的街头走了一会,进入地铁站附近一家酒吧。看样子他常来这里,往吧台端头一坐,便用不见外的语调要了一大杯里面装有两小杯量的加冰苏格兰威士忌和一瓶巴黎水。我要了啤酒。他往加冰威士忌上浇了一点点巴黎水,搅拌两三下,一口喝掉了差不多半杯。我只是往啤酒里沾了沾嘴唇,然后注视杯中泡沫的变化,等对方继续下文。他确认威士忌顺着食管下行并完全进入胃袋之后才开口。

"结婚十来年了。最先相识是在滑雪场。我进入现在的公司是第二年,她大学毕业出来无所事事地东游西逛,有时打零工去一下赤坂的饭店弹钢琴。一来二去我们就结婚了。结婚是什么问题也没有,我家也好她家也好都赞成这桩婚事。她是那么漂亮,我为她迷得不行——总之是哪里都找得到的平凡故事。"

他给烟点火。我又沾了口啤酒。

"平凡的婚姻。但我心满意足。知道她婚前有几个恋人,但作为我没怎么当一回事。我这人总的说来极为现实,就算过去有什么欠妥,只要不波及现在,我也不至于介意。再说,我认为人生这东西本质上是平凡的,工作也罢婚姻也罢生活也罢家庭也罢,如果说里边有什么乐趣,那也是唯其平凡才有的乐趣。我是这么想的。可是她不这么想。这么着,许多事情便开始一点点脱离正轨。她还年轻漂亮,充满活力。简而言之,她已习惯向别人求取各种各样的东西和有求必应,而我能给予她的,无论种类还是数量都非常有限。"

他又要了一杯加冰威士忌。我则还有一半啤酒。

"结婚三年后孩子出生了,女孩儿。自己这么说或许不大好,一个非常可爱的女孩儿。活着该是小学生了。"

"死了?"我插嘴道。

"是那样的。"他说,"生下后第五个月死的。常有的意外:小孩翻身时棉被缠到脸上,憋死了。谁的责任也不是,纯属意外。运气好,或许能避免。问题是运气不好。谁都不能责怪。有几个人责怪她不该把婴儿一个人扔下出门买东西,她本身也因此责备自己。可那是命运。即使你我在同样情况下照看孩子,意外恐怕也还是要以同样的概率发生的。不这样认为?"

"想必是的。"我承认。

"刚才也说了,我是个非常讲现实的人。再说,对于人的死,从小就完全习惯了。不知什么缘故,我们这个家族常有意外死亡,动不动就闹出一桩这样的事。小孩先于父母死亡并非什么稀罕事。当然啦,对父母来说再没有比失去孩子更难过的,这点不曾经历的人是体会不到的。但不管怎样,我想最重要的还是留下来的活着的人。这是我始终如一的想法。所以,问题不在于我的心情,而是她的心情。她从来都没受过那种感情磨炼。她的事您晓得吧?"

"嗯。"我简单应道。

"死是极为特殊的事件。我时常有这样的感觉，觉得我们人生相当大的一部分恐怕是为某人的死带来的能量、或不妨称为欠损感那样的东西所框定的。但是，她对这样的情况实在毫无准备，总而言之。"说着，他在吧台上合拢双手。"她早已习惯于只认真思考自己一个人的事情，因而对于别人的不在所造成的伤痛甚至想都无法想象。"他笑着看我的脸，"归根结蒂，她是被彻底宠坏了的。"

我默默点头。

"可我……想不出合适的字眼，反正我是爱她的。即使她伤害了她本身和我和周围所有的一切，我也还是无意放弃她。夫妇就是这么一种东西。结果，接下去鸡飞狗咬折腾了差不多一年，暗无天日的一年。神经也磨损了，将来的希望更是无从谈起。但我们终于度过了那一年。凡是同婴儿有关的东西烧个一干二净，又搬去一座新公寓。"

他喝干第二杯加冰威士忌，惬意地做了个深呼吸。

"就是见到现在的她，我想您怕也不易认出来了。"他盯着正面墙壁说。

我默然喝口啤酒，捏一粒花生。

"不过我个人是喜欢妻现在这样子。"

"再不要孩子了？"片刻，我问道。

他摇摇头。"怕要不成了。"他说，"我倒也罢了，可妻子不是那样的状态。所以作为我怎么都无所谓了……"

侍应生劝他再来一杯威士忌，他断然拒绝了。

"过几天请给我老婆打个电话。我想她大概需要那类刺激，毕竟人生还长着。不那么认为？"

他在名片背面用圆珠笔写下电话号码递给我。看区号，想不到竟和我住同一地段，但对此我没说什么。

他付罢账，我们在地铁站告别。他为处理未完的工作返回公司，我坐电车回家。

我还没给她打电话。她的喘息她的体温和柔软的乳房的感触还留在我身上，这使我极为困惑，一如十四年前的那个夜晚。

呕吐一九七九

他有一项少见的本事,能长期一天不缺地坚持写日记——这样的人是为数不多的——因此能够查出呕吐开始与结束的准确日期。他的呕吐始于一九七九年六月四日(晴),结束于同年七月十五日(阴)。他作为年轻的插图画家曾经为同我有协作关系的杂志做过一次事。

他和我一样,是个唱片收藏者,此外还喜欢同朋友的恋人或太太睡觉,年龄好像比我小两三岁。实际上他也在以往的人生中同几个朋友的恋人或太太睡过,甚至去朋友家玩时,趁朋友去附近酒铺买啤酒或淋浴之机,同其太太大动干戈。他经常就此向我津津乐道。

"快速做爱——那东西的确是不坏。"他说,"衣服几乎不脱,就那么三下五除二。一般世人做爱，有逐渐拖延时间的倾向吧？所以，偶尔要来个反其道而行之。只消改变一下视点，事情就相当美妙。"

当然，性生活不单单是这种有风险的，慢慢花时间规规矩矩做爱的时候也是有的。不过反正他是对同朋友的恋人或太太睡觉这一行为本身情有独钟。

"什么**偷情**之类别别扭扭的念头在我是没有的。我倒觉得和她们睡觉亲密得很，总之就是家人气氛。说穿了就是男女间那点事，不暴露谁也不会伤害。"

"这以前就没暴露过？"

"没有，当然没有。"他显得不无意外，"那种行为嘛，只要没有想暴露的潜在愿望，是不会轻易暴露的——只要好好留意，不刻意装腔作势说什么。还有一点，就是最初要把基本方针明确下来，这很重要。就是说，这仅仅类似于含带亲昵意味的游戏，既不打算深入，又无意让谁难堪。当然，这需要讲究措辞，说得委婉含蓄。"

作为我，固然很难相信一切都如他说的那么连连手到擒来，但看上去他并不像自吹自擂那类人物。也有可能如其所言。

"说到底,她们大部分人都在需求这个。她们的丈夫或恋人——也就是我的朋友——大多比我优秀得多。比我英俊,比我聪明,没准阳物都比我的大,但这些对于她们是怎么都无所谓的。对她们来说,只要对方大体地道、亲切、合得来,这就足够了。她们所追求的,是在某种意义上超越情侣或夫妇那种静止框架,而要对方好好注意自己。这是基本原则。当然表层动机是多种多样的。"

"比如说?"

"比如对丈夫婚外情的报复心理、打发无聊时间、对于自己还为丈夫以外的男人所关注的自我满足等等,不一而足。这方面我一看对方的表情就知道个十之八九。谈不上有什么专利性秘诀。唯独这个的确是与生俱来的本事。有的人有,有的人没有。"

他本身没有特定恋人。

前面也已说过,我们都是唱片收藏者,不时把各自的唱片拿到一起交换。虽然两人收藏的都是五十年代至六十年代前半期的爵士乐唱片,但双方收藏的对象范围有微妙的差别,所以交易能得以成立。我以西海岸白人乐队的唱片为中心,他收集科尔曼·霍金斯

(Coleman Hawkins)、莱昂内尔·汉普顿（Lionel Hampton）等近乎中间派[1]的后期唱片。所以，他拥有皮特·乔利（Pete Jolly）三重奏的Victor[2]唱片，我拥有维克·狄金森（Victor Dickenson）的《主流爵士乐》（mainstream jazz）。这样，二者得以在双方自愿的前提下幸运地交换。两人往往一整天边喝啤酒边确认唱片质量和演奏水平，做成几桩这样的交易。

他向我讲起呕吐的事是在一次交换唱片之后。我们在他的住处喝着威士忌谈音乐、谈酒，由酒谈到醉酒。

"以前，我曾天天吐，连吐四十天，每天，一天也不缺！不是喝酒喝吐的，也不是身体不舒服，无缘无故地只是吐。接连吐了四十天，四十天哟！不是开玩笑。"

第一次吐是六月四日。关于那次呕吐他没什么牢骚可发，因为前天夜里他把有相当分量的威士忌和啤酒冲进胃里，且照例同朋友的太太睡觉。即一九七九年六月三日夜。

---

1 "中間派ジャズ"是日本爵士乐用语，欧美习惯称之为"主流爵士乐"。
2 美国唱片公司，总部位于纽约。

| 呕吐一九七九 |

所以，就算六月四日早上八点他把胃里的东西往马桶吐个精光，依照世间一般常识也并非不自然的事件。喝酒喝到呕吐自他跨出大学校门固然是头一遭，但这并不等于说事情不够自然。他按下马桶冲水把手，把令人不快的呕吐物冲往下水道，坐在桌前开始工作。身体情况不坏。相对说来，这天属于神清气爽的一天。工作进展顺利，肚子也在上午瘪了下来。

中午做火腿黄瓜三明治吃了，喝了罐啤酒。三十分钟后第二次呕吐感上来，遂把三明治统统吐进马桶。溃不成形的面包和火腿浮上水面。然而身体没有不适之感，心情不佳也谈不上。单纯是吐。觉得喉头有什么东西涌起，以不妨一试的念头往马桶一弯腰，胃里的大凡一切便如魔术师从帽子里掏出飞鸽、鳗鱼、万国旗一般嗖溜溜倾巢而出。仅此而已。

"呕吐这玩意儿我在乱喝酒的学生时代体验过好几次，晕车时候也有过，但那时候的呕吐跟这次的截然不同。这次甚至呕吐特有的胃部像被勒紧的感觉都没有。胃里毫无所感，只是把食物顶上来罢了。绝对畅通无阻。无不快感，无呛人味儿。这使我觉得十分离奇。不是一次，而是两次。但不管怎样我是担心起来，决定暂且滴酒不沾。"

然而，第三次呕吐仍在翌日早晨准时报到——昨晚吃的鳗鱼块、今早吃的带橘皮果酱的英式松饼几乎毫无保留地从胃里倾吐出来。

吐罢，在浴室刷牙时电话铃响了。他刚一接起，一个男子的语声道出他的姓名，旋即"咔"一声挂断。再无下文。

"莫不是你睡过的女子的丈夫或恋人打来的骚扰电话？"我试着问。

"何至于！"他说，"那伙人听声音我全都知道。而那是个我绝对不曾听过的男子的声音，声音听起来绝对不是滋味。结果，那以后电话天天打来，六月五日打到七月十四日。怎么样？同我呕吐的日期几乎一致吧？"

"骚扰电话同呕吐在哪里有关联？我可是全然搞不明白。"

"我也搞不明白嘛。"他说，"到现在我还莫名其妙。总之电话是一如既往：铃响了，道出我的姓名，即刻'咔'一声挂断。每天打来一次。时间随心所欲。有时早上打来，有时晚上打来，有时半夜打来。本来不接也未尝不可，但一来出于工作性质不便那么样，二来也有可能是女孩子打来……"

"倒也是。"我说。

"与此齐头并进的是，呕吐感也日复一日。吃进去的东西几乎倾吐一空。吐罢饥不可耐，就又吃，又吐个干干净净。恶性循环啊！尽管如此，由于平均起来三餐中有一餐留在肚里充分消化，才勉强保住性命。假如三餐吐完，可就要靠打营养针维持了。"

"没去找医生？"

"医生？附近医院当然去了，还是较为像样的综合医院。X光也照了，尿检也做了，癌的可能性也大致查过了。但哪里都完好无损，百分之百健康。结果医生估计大约是胃部慢性疲劳或精神压力过大，给了胃药，还叮嘱我要早起早睡，控制饮酒，不要为无聊小事愁眉苦脸。纯属胡说八道。若是慢性疲劳，我自己也会知道。如果有人胃得了慢性疲劳还浑然不觉，那家伙就是傻透顶的傻瓜。慢性疲劳会使胃变沉、吐酸水、食欲减退。即使呕吐，也在这些症状之后。呕吐感那东西绝不至于自己单独死皮赖脸地跑来。我单单是呕吐，其他症状一概没有。除了始终饥肠辘辘，心情愉快至极，脑袋也很清爽。

"至于精神压力，我压根儿就没那个感觉。当然啰，工作是积压了不少，但并没因此心力交瘁。女孩那方面也得心应手。三天去一次游泳池游得尽情尽兴……你说，这不什么事也没有？"

"那是啊。"我应道。

"只是吐罢了。"他说。

连续吐了两周，电话铃连续响了两周。第十五天两方面都让他厌了，遂抛开工作，去宾馆开了个房间——呕吐倒也罢了，电话则非躲开不可——决定在那里整天看电视看书。起始还算顺利。午间把烤牛肉三明治和生菜色拉一扫而光。大概环境的改变产生好的作用，食物好端端待在胃里，很快消化得利利索索。三点半在茶室等来朋友的恋人，用黑啤将樱桃派送进胃袋，这也顺顺当当。之后同好友的恋人睡了一场，性爱方面概无问题。送她出门后，独自吃了晚饭，是在宾馆附近一家餐馆吃的豆腐和鲛鱼西京烧以及酸凉菜和味噌汤，米饭吃了一碗。依然滴酒未沾。这时是六点半。

其后他折回房间，看电视新闻，完了开始看艾德·麦克班恩（Ed McBain）的新作《八十七分局》。九点呕吐仍未来，他总算舒了口气，得以淋漓尽致地慢慢品味中断两个星期的饱胀感。他满怀期待，以为事物有可能朝好的方向发展，所有情况恢复如初。他合上书，打开电视，用遥控器搜索一会儿频道，决定看老西部片。电影十一时结束，接下去是晚间新闻。新闻播完，关掉电视。他馋威士忌馋得不行，恨不得马上去楼上酒吧来个睡前酒，但终归作罢。他不想用酒精糟蹋这好不容易迎来的**美好**的一天。于是熄掉床头读书灯，钻进毛毯。

电话铃响起是在午夜。睁眼看表：二时十五分。一开始因为睡得迷迷糊糊，无论如何也理解不了电话铃何以此时响起。但他还是晃晃脑袋，几乎意识不清地拿起听筒贴上耳朵。

他"喂喂"了两声。

听惯的声音一如往常道出他的姓名，当即挂断，唯独"嗡嗡"的电流声留在耳底。

"可你住宾馆不是谁也没告诉吗？"我问。

"嗯，当然，当然谁也没告诉。只有我睡的那个女孩例外。"

"她不会透露给谁？"

"何苦呢！"

言之有理。

"随后我在浴室里吐了个一干二净，鱼、饭，一切的一切。简直就像电话开门开路，呕吐从那里溜进来似的。

"吐完，我坐在浴缸沿上，试着在脑袋里把种种情况稍微排列梳理一下。首先可以设想的，是有人用电话巧开玩笑或故意骚扰。那家伙何以晓得我住在这宾馆里自是不得而知，但这个问题先往后放放，反正是人为的。第二个可能性是我幻听。我居然会体验什么幻听，一想都觉得荒唐，但冷静分析之下，这种可能性也不能排除。就是说，幻听'铃响了'拿起听筒，又觉得有人'叫我的名字'。而实际上什么事也没有。原理上可能的吧？"

"是的吧。"我说。

"于是我打电话给总台，希望查一下刚才有无电话打来房间。但是不成。宾馆的交换系统可以一一查出打往外面的电话，但相反情况则全然不留记录。这么着，线索成了零。

"以住宾馆那个夜晚为界，我开始较为认真地考虑许许多多的事情，考虑呕吐和电话。首先，这两件事在某处有关联。是全面还是局部的搞不清楚，反正二者相关。其次，我渐渐明白过来，哪一个都似乎不像我最初想的那么轻松好玩。

"在宾馆住了两晚返回住处之后,呕吐和电话照旧接连不断。也曾试着在朋友家里住过,可电话还是按部就班打去那里,并且必定趁朋友不在而只我一个人时打来。这样,我渐渐有点害怕。就好像有什么肉眼看不到的东西一直站在身后监视我的一举一动,瞅准时机给我打电话,又把指头深深捅到我的胃里。这显然是精神分裂症的最初征兆,是吧?"

"不过自己担心是精神分裂症的分裂症患者怕是不太多吧?"我说。

"是的,你说得对。而且分裂症同呕吐连动的病例也不存在——大学附属医院的精神科这么说的。精神科医生几乎不理睬我,他们理睬的只是症状明显的患者,我这种程度症状的人据说山手线一节车厢里能有二点五到三人,医院没有闲工夫一一搭理。告诉我呕吐去内科,骚扰电话找警察去。

"问题是——你想必也知道——警察不立案的犯罪有两种,一是骚扰电话,一是偷自行车的小偷。因为这两种数量太多,再说作为犯罪也太轻。这玩意儿也一一插手,警察职能势必彻底瘫痪。因此根本不正经听我诉说。骚扰电话?对方说什么来着?只说你的姓名？别的什么也没说？那，请在登记表上写下名字，往后要是发生比这严重的请联系——大体这么个情形。我问对方怎么——知晓我的行踪，可不管说什么都不当一回事。若啰嗦个没完，还可能怀疑我脑袋出了毛病。

"到头来我明白，医生也好警察也好别的什么也好全都指望不得。归根结蒂只能单枪匹马研究解决，别无他法。这么想大约是在开始有'呕吐电话'的第二十天头上。我自以为无论肉体上还是精神上都是相当强健的，但那阵子到底有点招架不住了。"

"和那个朋友的恋人之间还顺利吧？"

"呃，凑合。那个朋友因公事去菲律宾两个星期，我们趁机全方位寻欢作乐了一番。"

"和她寻欢作乐时没有电话打来？"

"没有。这一点一查日记就明白。应该没有。电话总是在我形影相吊时打来，呕吐也在我独处时上门。所以当时我这么想来着：为什么我孤单一人的时间这么多呢？实话跟你说，平均起来，一天二十四小时起码有二十三个小时我孤单一人。一个人生活，工作上的交往几乎没有，工作方面的事大体用电话搞定，恋人是别人的恋人，饭有九成在外边吃，体育锻炼也是一个人'吭哧吭哧'游来游去，提起业余爱好也不外乎——你也看到了——一个人听古董般的唱片罢了，工作也是必须一个人聚精会神那一性质的活计，朋友倒是有的，但到了这把年纪也全都忙得不可能时不时见面……这样的生活你明白吧？"

"唔，大体上。"我赞同。

他往冰块上倒威士忌，用指尖"咕噜咕噜"转动冰块搅拌，之后喝了一口。"于是我乖乖地沉下心来思考一番：往下我该怎么办？就这么一个人一直受骚扰电话和呕吐折磨不成？"

"找个正式恋人就好了，找个属于自己的家伙。"

"这我当然也思考来着。那时我已二十七，差不多也该好好成个家了。但结果还是不行。我不是那一类型的人。我——怎么说呢——我忍受不了就这么败下阵去。岂能向呕吐啦骚扰电话啦这种莫名其妙岂有此理的名堂投降！人生模式岂能轻易改弦易辙！我决心战斗下去，直到体力和精神被榨干最后一滴血，无论如何。"

"唏。"

"若是村上你，你会怎么样？"

"怎么样呢？想不明白啊！"我说。的确想不明白。

"呕吐和电话那以后也接二连三。体重也减轻不少。且慢——噢，不错——六月四日体重六十四公斤。六月二十一日六十一公斤，七月十日滑到了五十八公斤，五十八公斤！以我的身高来说是谎言一样的数字。这么着，西服所有尺寸都不合身了，以致要按住裤腰走路才行。"

"有一点要问：为什么没装个录音电话，为什么没那么做？"

"当然是因为不想落荒而逃。一旦那样做，就等于告诉对方我认输了。毅力的较量！或对方坚持不住，或我筋疲力尽。呕吐也同样。我尽量把它看作理想的减肥方式。所幸体力并未极端下降，日常生活和工作基本能照常应付下来。因此，我又开始喝酒。早上喝啤酒，傍晚猛喝威士忌。喝也罢不喝也罢反正都是吐，怎么都一码事。还是喝来得痛快，也顺理成章。

"接着，我去银行提出存款，去西装店买了一套适合新体型的西服，买了两条裤子。往西装店镜子里一照，瘦也着实不赖。想一想，吐也没什么大不了的。比痔疮和虫牙痛苦少，比腹泻文雅。当然是比较而言。只要解决营养问题和没有得癌之虞，本质上呕吐是无害的。还不是,人家美国还卖人工呕吐剂来减肥呢!"

"那么,"我说,"呕吐和电话最终持续到七月十四喽?"

"准确说来——等等——准确说来,最后一次呕吐是七月十四日早上九点半,吐的是吐司和番茄色拉和牛奶。最后一次电话是那天夜间十点二十五分,当时我正一边听艾罗尔·加纳(Erroll Garner)的《海边音乐会》(Concert By the Sea),一边喝别人送的施格兰VO(Seagram's VO)。怎么样,写日记这东西有事时就是方便吧?"

"的的确确。"我附和道,"那以后两个都戛然而止了?"

"戛然而止。一如希区柯克的《鸟》,早上开门一看,一切都已然过去。呕吐也好电话也好,再无第二次。我又恢复到六十三公斤,西装和裤子仍吊在立柜里没动,活活成了纪念品。"

"打电话的人直到最后都一个调门?"

他把头左右轻摆一下,以不无茫然的眼神看着我。"不是的,"他说,"最后一次电话跟往常的不同。对方先道出我的姓名,这和平素一样。但随后那家伙来了这么一句:'知道我是谁么?'说罢沉默下来,我也不出声。十秒或十五秒,双方都一声不响。之后电话挂断，唯有电流的嗡嗡声留下。"

"真是那么说的——'知道我是谁么？'"

"一字不差，就那样说的。说得缓慢而低沉：'知道我是谁么？'但声音毫无记忆，至少近五六年打交道的人里边没人是那样的语声。很早以前还小时认识的人或从未说过话的人里边有没有我不知道，但记忆中根本没做什么事会招来那样的人怨恨。既未针对某某人做过极不像话的事，工作又没顺利到致使同行嫉妒的地步。当然喽，男女关系上面如我所说是多少有愧疚之处，这我承认。毕竟活了二十七年，不可能赤子一般白净无瑕。问题是那类对象的声音——刚才也说过了——我一清二楚，听第一声就知道。"

"不过么，地道的人断不至于专门同朋友的伴侣睡哪家子觉！"

"那么说来，"他说，"你是说我心中的某种负罪感——自己都意识不到的负罪感——采取呕吐或幻听之类的形式出现了不成？"

"我没说，你说的。"我订正道。

"噢——"他含了口威士忌，仰望天花板。

"另外也可以这样设想：你睡过的一个对象的男人雇私家侦探

跟踪你，为了惩戒或警告你而令其打了电话。至于呕吐只是身体异常，二者偶然在时间上相碰罢了。"

"哪个都大致可圈可点，"他心悦诚服地说，"不愧是小说家。但是就第二个假设来说，我可是现在也没有中止同她睡觉的哟！为什么电话突然不打来了呢？逻辑不通。"

"大概厌战了吧。或者没准雇佣侦探的钱接续不上了。不管怎样都是假设。若允许假设，一两百个我都呼之即来，问题是你取哪一个。另外就是从中学习什么。"

"学习？"他讶然问道，把杯底在额头上贴了一会，"学习？什么意思？"

"就是事情再来一次怎么办，还用说。下次未见得四十天结束的哟。无端开始无端结束，反之亦然。"

"话说得不大中听嘛！"他嗤嗤笑道，旋即恢复了一本正经的神情，"不过也怪，给你说之前我还一次也没考虑到这点，没考虑到……它可能卷土重来。喂，你看真会重来？"

"那种事如何晓得。"

他不时转动一下酒杯，一点一点吮吸似的喝着威士忌，而后把空了的酒杯放在台面上,用纸巾拧几下鼻子。

"或者,"他说,"或者下回发生在完全不同的人身上也不一定,例如村上你。你村上也不那么绝对一身清白吧?"

那以后他和我也见了几次面,或喝酒或交换难以称为前卫的那类唱片,一年约有两三次吧。我不是写日记那一类型,准确次数记不清楚。值得庆幸的是,他那里也好我这里也好时下都没有呕吐没有电话找来。

避雨

近来读小说，碰上一篇说地道男人的条件之一是不花钱同女人做爱。读之，颇觉言之有理。

觉得言之有理，未必等于我认为其说法正确，而只是表示理解：原来也有这种想法。至少算是较为充分地理解了一种状况，就是说世上是存在着怀抱如此信念生活的男人的。

说起我个人，我也不花钱同女人做爱。迄今不花，以后也不怎么想花。但这不是生活信念问题，而不妨说是爱好问题。因而我觉得不能断言花钱同女人睡觉的人就不地道。只不过**碰巧**有那样的机会罢了。

另外还可以这样说：

我们或多或少都在花钱买女人。

在远为年轻的过去当然不曾这样想。我极其单纯地认为性那东西是免费的——某种好意与好意（也许有不同的说法）一旦相遇，便自然而然地、一如自动点火似地发生性行为。年轻时这上面也的确一路得手，况且要花钱也无钱可花。我这方面没有，对方也没有。去陌生女孩宿舍住下，住到早上啜着速溶咖啡分吃冷面包，就那么一种生活。倒也快活。

但是，随着年龄增长和相应的成熟，我们对整个人生势必产生另外不同的认识。就是说，我们的存在或实在不是聚拢各种各样的侧面才成立的，而是永不可分的综合体。亦即，我们劳作领取报酬、读自己喜欢的书、投票选举、看夜场体育比赛、同女人睡觉等各种行为不是一个个自行其是的，本质上不过是同一个东西被不同的名称称呼罢了。所以，性生活的经济侧面即经济生活的性侧面。这是十分可能的。

至少现在我这么认为。

因此，像我所读小说中出现的主人公那样极为简单地断定"花钱同女人睡觉不是地道之人所为"在我是有难度的。我只能说作为一项选择是可能存在的。为什么呢？如我前面所说——因为我们在

| 避雨 |

日常生活中买卖或交换了委实花样繁多的东西,而最后往往全然记不清卖了什么买了什么。

说我是说不好,但我想归根结蒂大约是这么回事。

那时和我一起喝酒的一个女孩说她几年前为了钱同数名陌生男子睡过。

我喝酒的地方是表参道靠近涩谷的一家类似西餐馆酒吧的新酒吧。三种加拿大威士忌(Canadian Whisky)一种不少,简单的法国菜也有。大理石吧台上堆着整棵的蔬菜,音箱里淌出多丽丝·黛(Doris Day)的《这是魔法》(It's Magic),服装设计师和插图画家一类人聚在一起谈论感觉革命——就是这么一间酒吧。这样的酒吧哪个时代都必有无疑,一百年前有,一百年后恐怕也有。

进这间酒吧仅仅是因为在其附近散步时突然下雨的关系。我在涩谷谈完工作,慢慢悠悠散步去"Pied Piper House"看唱片,路上下起了雨。到傍晚还早,酒吧里几乎没有人影,加上临街是落地玻璃,能看见外面的雨势,遂打算边喝啤酒边等雨停下。皮包里有几本新买的书,不愁打发不掉时间。

菜单拿来看啤酒栏目，光是进口货就足有二十种名牌。我选了一种合适的，下酒菜略一沉吟点了开心果。

时值夏末，街上荡漾着夏末特有的空气。女孩全都晒得恰到好处，一副"那点名堂瞒不过我"的神气。大颗雨珠转眼之间打黑了柏油路面，满街的**高烧**降了下来。

吵吵嚷嚷的一伙人"啪啪啦啦"收着伞闯进门来。当时我正在看索尔·贝娄的新小说。如索尔·贝娄的大多数小说一样，索尔·贝娄的小说不适于用来消磨避雨时间。于是我夹书签合上书，一边剥开心果一边观察那伙人的动静。

一伙全部七人，四男三女。年龄看上去从二十一到二十九，打扮即使算不上最新潮，但也完全跟得上时尚——头发向上竖起，皱皱巴巴的人造纤维夏威夷衫，**大腿根**胀鼓鼓的裤子，黑边圆形眼镜，如此不一而足。

一进门，他们便坐在中间鹅卵形大桌四周。看样子是常客。果不其然，还没等谁说什么，威士忌酒瓶和冰块桶便送了上来。男侍应生往每人手里发菜单。他们究竟属于哪一类人我自是看不出究竟，但往下想干什么大致想象得出，不是工作策划碰头会，就是工作总结反省之类。而无论何者,都势必酩酊大醉车轱辘话喋喋不休然后握手散席,势必有个女孩醉得有失体统一个男士叫出租车送去宿舍,倘若顺利趁机同床共衾——一百年前绵延下来的经典聚会。

看这伙人也看腻了,便观望窗外景致。雨仍下个不止,天空依然黑得如扣了盖。看情形雨持续的时间要比预想的长。路两旁雨水聚成了急流。酒吧对面有一家老副食品店,玻璃橱窗里摆着煮豆子和萝卜干之类。轻型卡车下有一只大白猫在避雨。

如此面对这番景致呆呆望了一会,然后把目光收回,正想吃着开心果继续看书,一个女孩来到我桌前叫我的名字。刚才进门的一伙七人中的一个。

"不错吧?"她问。

"不错。"我吃惊地回答。

"可记得我?"她说。

我看她的脸。有印象,但认不出是谁。我如实相告。女孩拉过我对面椅子。坐在上面。

"我采访过一次村上先生的呀。"她说。

如此说来,的确如此。那还是我出第一本小说的时候,距今差不多五年了。她在一家大出版公司编的女性月刊当编辑，负责图书评论栏目，刊载了我的访谈录。对我来说，大约是当作家后第一次接受采访。那时她一头长发，身穿中规中矩的蛮考究的连衣裙。估计比我小四五岁。

"感觉变化不小，认不出来了。"我说。

"是吧？"她笑道。她把头发剪成流行样式，穿一件似乎用汽车防水布做的松垮垮的土黄色衬衫，耳朵上垂着一对仿佛会动的金属片。她人长得不妨归为美女一类，加之脸形甚是清秀，这样的打扮于她可谓相得益彰。

我叫来男侍应生，要双份威士忌加冰。侍应生问什么威士忌合适，我试着问有没有芝华士。还真有芝华士。然后转问她喝什么，她说一样的即可，于是我同样要了双份威士忌加冰。

"不去那边可以的？"我瞥了一眼中间桌子那边。

"可以的。"她当即应道，"只是工作交往，再说工作本身已经完了。"

威士忌端来，我们沾了口酒杯。一如往日的芝华士芳香。

"嗳，村上先生，那家杂志完蛋了你知道吧？"她问。

| 避雨 |

这么说来,事情是听人说过的。作为杂志的评价并不差,但由于销路不佳,两年前被公司砍掉了。

"因此当时我也要重新分配,去处是总务科。事情本不该那样,我抵触情绪很大,但最终给公司方面压了下去。这个那个啰啰嗦嗦,索性辞职了事。"她说。

"可惜了那么好的杂志。"

☆

她离开公司是两年前的春天。几乎与此同时,和相处三年的恋人也分手了。原因说起来话长,但这两件事是密切相关的。简单说来,他和她是同一个杂志的编辑,男方比她大十岁,已婚,孩子都已两个。男方一开始就没打算同妻子离婚而和她结婚,对她也已清楚表明。她也认为那也未尝不可。

男方家在田无,便在千驮谷附近一座会员制公寓里租了个单间,工作忙时一星期有两三天住在那里,她也每星期去那里住一天。交往方式绝没什么勉强。个中细节男方处理得很老练,小心翼翼,因此作为她也很快乐。这么着,三年时间里两人的关系未被任何人察觉，编辑部内甚至认为两人关系不好。

"够意思吧？"她对我说。

"是啊。"我应道。不过也是常有的事。

杂志被砍，人事变动发表出来，男子被提拔为妇女周刊的副总编，女子如前面所说被分配到总务科。女子是作为编辑进来的，遂向公司抗议，希望安排做编辑工作，但被驳了回来：杂志容量的确有限，无法只增编辑，一两年过后或有可能重新分回编辑部。但是她不认为事情会那么称心如愿。一旦退出编辑部门，便不可能重新归队，而势必在销售科或总务科的文件堆中消磨青春——这样的例子她见了好几个。空头支票由一年而两年，由两年而三年，由三年而四年，如此一年年上了年纪，作为第一线编辑的感觉亦随之消失。而她不甘心这样。

于是她求恋人，要他把自己拉去同一部门。男方说当然要争取，不过恐怕行不通。"眼下我的发言权十分有限，而且也不愿意动作太大而被人猜疑。相比之下，还是在总务科忍耐一两年好。那期间我也有了力量，再拉你上来不迟。所以就那样办吧，那样最好不过。"男子说。

她知道他在说谎。男子其实是临阵逃脱。他刚攀上别的秋千，脑袋里全是这个，根本不打算为她动一下指头。在听男方说辞的时间里，她的手在桌下簌簌颤抖，觉得谁都在往自己身上踩一脚。她恨不得把整杯咖啡泼到男子脸上，又觉得傻里傻气，转而作罢。

"是啊，或许是那样。"她对男子说着，微微一笑。第二天便向公司递了辞呈。

"这种话，听起来怕乏味吧？"说罢，她舔似的喝了一口威士忌，用涂着指甲油的形状好看的拇指指甲剥开开心果的外壳。她剥开心果的声音比我的好听得多，我感觉。

"没什么乏味的。"我看着她的拇指指甲说。看她把剥成两半的外壳扔进烟灰缸，果仁放到嘴里。

"怎么说起这个了呢？"她说，"不过刚才见到您的身影，不知为什么，突然上来一阵亲切感。"

"亲切感？"我不无吃惊地反问。这以前我和她只见过两回，何况也没特别亲切地交谈过。

"就是说——怎么说呢——觉得像是见到了往日熟人。现在倒是在别的世界里了,但毕竟您是我曾经很小心地打交道的人……其实也没具体打过交道。不过我说的意思您能理解吧?"

我说好像可以理解。总之对于她来说,我这个人不外乎一个符号性质的——再好意说来乃是庆祝性质、仪式性质的——存在。在真正意义上我这个存在是不属于她作为日常平面所把握的那个世界的。如此想来,我不由觉得有些不可思议。

那么,我这个人究竟属于哪一种日常平面呢?

这是个难以回答的问题,而且是与她没有关系的问题。所以我就此没再说什么,只说好像可以理解。

她拿起一个开心果,同样用拇指指甲剥开。

"想请您理解的是:我不可能逢人就这么和盘托出。"她说,"准确说来,这种话还是第一次说给别人听的。"

我点点头。

窗外,夏天的雨仍在下。她把手中玩弄的开心果壳投进烟灰缸,继续说下去。

离开公司后,她马上给工作中认识的编辑同行、摄影师和自由撰稿人逐个打去电话,告诉他们自己已辞职和正在找新工作。其中

| 避雨 |

几个人说能够为她找到事做,甚至当时就有人让她明天过来。大多是PR[1]杂志或时装公司宣传性小册子一类的琐碎事务,但毕竟比在大公司整理账单强得多。

知道工作去处大致定下两个,并且二者相加收入也不低于过去,她舒了口气。于是她请对方允许自己推迟一个月上班,决定这期间什么也不做,只管看书、看电影、短途旅行。虽说数额不大,但也有一笔离职金,生活无须担心。她跑去编杂志时认识的一个发型设计师那里,把头发短短地剪成如今这个样子;又转去那位设计师常去的新潮女士用品店,大体买齐了同新发型相配的服装、鞋、手袋和一应饰物。

从公司辞职的第二天傍晚,那个男子——原先的同事、恋人——打来电话。对方道罢姓名,她一声不吭地挂断电话。十五秒后电话铃再次响起,拿过听筒,是同一个人。这回她没挂断,而是把听筒塞进背包拉上拉链。那以后再无电话打来。

一个月休假稳稳流逝。终归她没去旅行。细想之下,一来她原本就不怎么喜欢出门旅行,二来一个同男友分手的二十八岁女人独

---

[1] Public Relations 之略。公关活动、公共关系。

自出游未免太像绘画题材，令人兴味索然。三天时间她看了五部影片，听了一场音乐会，在六本木的 LIVE HOUSE 听了爵士乐。还一本接一本看书，看已经买好的、准备有时间就看的书。唱片也听了。又去体育用品店买了慢跑鞋和运动短裤，每天在家附近跑十五分钟。

最初一个星期如此顺利过去。从杂七杂八磨损神经的工作中解放出来而尽情做自己中意的事委实妙不可言。情绪上来，便自己做饭，日落时分一个人喝啤酒喝葡萄酒。

但休假休到第十天时，她身上有什么发生了变化。想去看的电影再也没有一部。音乐徒然令人心烦，密纹唱片一张都听不到头。一看书就头痛，自己做的饭菜也样样没滋没味。一天跑步时给一个令人不快的学生模样的男子尾随了一阵子，于是干脆作罢。神经莫名其妙地亢奋，半夜睁眼醒来，竟觉得黑暗中有人逼视自己。这种时候，她便把被蒙在头上，浑身发抖，直到天空泛白。食欲也下降了，终日心焦意躁，再没心思做什么了。

她给熟人——无论哪个——打去电话，其中有几个和她闲聊，或帮她出谋划策。但他们毕竟工作很忙，不可能总这么闲陪。"过

| 避雨 |

两三天手头工作告一段落时去慢慢喝上一杯。"说罢,他们挂断电话。然而两三天过去了,也没有邀请电话打来。刚告一段落就又有别的工作找来,这样的生活她本身也反复了六年之久,个中情由她完全清楚,因此也没有主动打电话打扰对方。

天黑后她懒得待在家里,一到晚上就穿上刚买的新衣服出门,在六本木或青山一带漂亮的小酒吧里一个人一小口一小口啜着鸡尾酒,一直啜到末班电车时刻。运气好时,能在哪里遇见往日熟人闲聊消磨时间。运气不好(这种时候占压倒多数)就谁也遇不上。运气更糟的时候,往往在末班电车里被陌生男人把精液甩在裙子上或受到出租车司机的调戏。她觉得在这个一千五百万众生拥来挤去的都市里,唯独自己孤独得要命。

她最初睡的男人是个中年医生。人很英俊,一身得体的西装,五十一岁(事后知道的)。她在六本木一家爵士乐夜总会独饮时,这男人来到她旁边搭讪:"你等的那位看来不来了,我也同样,你若不介意,就一起坐到你我有一个同伴到来为止。"一派陈词滥调。手法虽然老掉牙,但他声音甚为悦耳。于是她略一迟疑,应道:"无所谓的,请请。"随后两人听着爵士乐(稀糖水般的钢琴三重奏)、喝酒（原先寄存的一瓶杰克丹尼）、聊天（六本木旧事）。他的同伴当然没出现。时针转过十一点时，他提议找个幽静地方吃饭。她说这就得回高圆寺。他说那么用车送你回去。她表示不送一个人也回得去。"那么这样如何，我在附近有个房间，干脆住下可好？"他说，"当然，你不愿意，我不会胡来的。"

她默然。

他也默然。

"我是高价的哟！"她说。她自己也不知道何以说出这么一句。那是自然而然地冲口而出的。而一旦出口的话，便无法收回。她猛地咬紧嘴唇，盯住对方的脸。

对方淡淡一笑，又一次往杯里注入威士忌。"可以的。"他说，"说个数。"

"七万。"她即刻回答。何以七万则毫无依据，她就是觉得非七万不可。说出七万男子想必拒绝这一念头也是有的。

"再加法式大餐。"说着，男子一口喝干威士忌，欠身站起，"那，走吧。"

| 避雨 |

"是医生?"我问她。

"嗯,医生。"她答道。

"什么医生?就是说专业是……"

"兽医。"她说,"说在世田谷当兽医。"

"兽医……"一瞬间我很难理解兽医会买女人。但兽医当然也买女人。

兽医让她吃了法国菜,之后把她带去他在神谷町十字路口附近的单间公寓。他待她温柔有加,既不粗暴,又无变态之处。两人慢慢交合。隔一小时又交合一次。一开始她为自己陷入如此状况深感惶然,但在他细细爱抚的时间里,多余的顾虑一点点消失,逐渐进入性爱状态。男子拔出去淋浴后,她仍久久躺在床上,静静合起眼睛。她意识到几天来一直盘踞在她身上的无可名状的焦躁早已不翼而飞。她不由暗暗叫苦,怎么成了这个样子!

早上十点醒来时,男子已出门上班。桌子上放着一个装有七张万元钞的长方形信封,旁边放着房间钥匙。还有信,信上让她把钥匙投进信箱,还交待说电冰箱里有苹果派、牛奶和水果,同时这样写道:"如你方便,过几天想再见一次。若有意请往这里打电话,一时至五时肯定在。"信里夹有宠物诊疗所的名片,名片上写着电话号码。号码为2211。旁边用日文字母写有"喵喵·汪汪"字样。她把信和名片撕成四片,擦火柴在洗漱台烧了。钱收进手袋。电冰箱里的东西一动未动,随即拦出租车返回自己宿舍。

"那以后也拿钱跟不同的人睡了几次。"她对我说。说罢默然。

我双肘拄在桌面上,两手在唇前合拢,叫来男侍应生,要了两杯威士忌。威士忌很快端来。

"来点别的东西?"我问。

"不,可以了,您真的别介意。"她说。

我们又一小口一小口啜着加冰威士忌。

"问问可以么?倒是有点刨根问底。"

"可以的,当然可以。"她约略瞪圆了一下眼睛看我的脸,"想实话实说的么。现在我这不正对村上先生有什么说什么吗!"

我点点头,从剩得不多的开心果里拿一个剥了。

"其他时候价钱也是七万日元?"

"不是,"她说,"不是那样的。每次随口道出的金额都不一样,最高的八万日元,最低的四万日元,好像。看对方长相凭直觉出口的数字。说出金额后被拒绝的事却是一次也没有。"

"了不起。"我说。

她笑了。

整个"休假期间"她一共跟五个男人睡过。对象都是四五十岁衣着考究久经情场的男士。她在熟人不大可能接近的酒吧物色男人,一度物色过男人的酒吧再不进第二次。对方一般都在宾馆开房间,在那里睡。唯独一次被迫摆出异常姿势,其他人都地道至极,钱也如数付给。

这么着,她的"休假"结束了。被接踵而来的工作追得透不过气的日子重新返回。PR 刊物、社区刊物和宣传小册子虽然没有大刊物那样的名声和社会影响力,但唯其如此才可以从头到尾做自己想做的事。比较过去和现在,总的说来还是现在幸福。她有了比她大两岁的摄影师男友,已不再想拿钱同其他男人睡觉了。眼下工作上干劲正足不打算马上结婚,但再过两三年或许有那样的心情——她这样说道。

"到时候也告诉您一声。"她说。

我在备忘录记事栏写下住址,撕下递给她。她道谢接过。

"对了,那时跟几个男人睡觉所得的钱最后怎么着了?"我问。

她闭目喝了口威士忌,然后嗤嗤笑道:"您猜怎么着了?"

"猜不出。"

"统统存了三年定期。"她说。

我笑。她也笑。

"往后又是结婚又是什么的,钱再多恐怕都不够用。不那么认为?"

"是啊。"我说。

中间桌子那伙人大声叫她名字。她朝后面挥挥手。

"得过去了。"她说,"让您听了这么久,真是抱歉。"

"这么说不知是不是合适——你说的很有趣。"

她从椅子上站起,微微一笑。笑脸十分灿烂。

| 避雨 |

"我说,假如我提出想花钱跟你睡的话,**假如**。"

"哦?"

"你要**多少**?"

她略微张开嘴深吸了口气,考虑了大约三秒,再次好看地一笑:"两万日元。"

我从裤袋里摸出钱包,查看里面有多少:总共三万八千日元。

"两万日元加宾馆开房费加这里的开销,再加回程电车费——也就差不多没了吧?"

实际也是如此。

"晚安。"我说。

"晚安!"

出门一看,雨已停了。夏天的雨,下不很久。抬头望去,星星少见地闪闪眨眼。副食品店早已关门,猫避过雨的轻型卡车也不知去了哪里。我沿着雨后的路走到表参道。肚子也饿了,便进鳗鱼餐馆吃鳗鱼。

我一边吃鳗鱼一边想象我付两万日元同她睡觉的光景。同她睡觉本身似乎不赖，而花钱总觉得有点奇妙。

我回想起从前做爱像看山林火灾一样不花钱那时候的事。那的确是像看山林火灾一样不花钱的。

棒球场

"差不多是五年前的事了,当时我住在棒球场旁边,读大学三年级。说是棒球场,其实没那么神乎其神,不过比荒草甸稍好一点罢了。大体有接手后方挡网,有投手投球踏板,一垒长凳旁边有个记分牌,整个场地用铁丝网围了一圈。外场不是草坪,而是长着稀稀拉拉的杂草。厕所倒是有个小小的,更衣室和衣帽柜之类就没有了。球场的所有者是在这附近开一家大工厂的钢铁公司,门口挂着一块写有外来人员禁止入内字样的牌子。每到星期六星期日,由钢铁公司员工组成的各个球队便前来进行业余棒球比赛。此外,这家公司还有一支正式的软式棒球队,那伙人平日也来此练习。所谓女子垒球队也是有的。到底是一家喜欢棒球的公司。不过住在棒球场旁边也不坏。我的宿舍紧挨在三垒长凳的后面。我住在二楼,开窗眼前就是铁丝网。这样,每当我无聊时——说起来白天差不多都够无聊的——就呆呆地眼望业余棒球比赛或正式棒球队的练习打发时间。不过我住进这里倒不是为了观看棒球,这里边有个完全与此无关的缘由。"

说到这里,小伙子止住话头,从上衣袋里掏出香烟吸了一支。

那天我同小伙子是初次见面。他写一手别具一格的好字。我所以想见他,起初也是因为这手有魅力的字。不过他的字的魅力同世上常见的习字帖式的流丽是无缘的,相比之下,更属于朴拙的有个性的那一类。字乃"金钉流",一个个字左摇右晃,里倒外斜,不是这里的笔画太短就是那里的线条过长。尽管如此,他的字还是有一种仿佛正在引吭高歌的雍容与大度。有生以来,我还从未见过如此漂亮和考究的字体。

他用此字体写了以原稿纸来说七十页左右的小说,用包裹寄到我这里。

我这里偶尔确有这样的稿件寄来。有复印的,有手写的。本应该过一遍目再写点感想什么的,但我不大喜欢也不擅长这种方

| 棒球场 |

式——总之出于极端个人化的想法——所以总是装上一封拒绝信寄还给本人。心里固然感到歉然，可也不能从不对头的井里打水。

但是这个小伙子寄来的七十页小说我却不能不读。一个原因就是——如上面所说——字写得实在极具魅力。我无论如何都要知道能写这么漂亮的字的人写的是怎样一部小说。另一个原因是文稿所附的信写得彬彬有礼，简洁而坦诚。给您添麻烦，深感过意不去。生来第一次写篇小说，却不知如何处理。自己想写的题材和已写成的作品之间有很大距离，自己不明白这对于作家究竟意味什么。倘有幸得到哪怕极短的评语，也将大喜过望——信中这样写道。考究的信笺考究的信封，错字也没有。这么着，我读了他的小说。

小说舞台在新加坡海滨。主人公是二十五岁的单身工薪族，同恋人一起来新加坡休假。海滨有家专门的蟹餐馆。两人都特别喜欢吃蟹，加上餐馆面对本地人，价格也便宜，于是一到傍晚便去那里边喝新加坡啤酒边放开肚皮吃蟹。新加坡蟹有几十种，蟹的吃法达上百种之多。

不料一天夜晚离开餐馆返回宾馆房间后，他肚里极不好受，在卫生间吐了。胃里全是白花花的蟹肉。定定地注视马桶里漂浮的肉块的时间里，他发觉它们似乎在一点点蠕动。一开始以为是眼睛的错觉，可是肉的确在动。肉的表层宛如**皱纹**聚拢，一颤一颤地抖动。是小白虫！几十条和蟹肉同样颜色的细小的白色虫子浮上肉块表面。

他再次吐了起来，胃里的东西吐得渣都不剩。胃收缩成拳头大小，连最后一滴绿色的苦胃液都吐了出来。这还不算完，他随后"咕嘟咕嘟"喝的漱口水也尽皆吐出。但他没有把虫子的事告诉恋人。他问恋人有无呕吐感，恋人说没有。"你大概啤酒喝多了。"她说。"是啊。"他应道。然而那天傍晚两人又在同一盘子里吃同一东西。

夜里，男子望着沉沉酣睡的女子的身体，心想那里边恐怕也有无数条细小的虫子在蠕动不已。

就是这么一篇小说。

题材有趣，语言功底扎实，就生来第一篇小说来说甚是了得，何况毕竟字写得漂亮。不过坦率地说，较之字的魅力，作为小说的魅力显然等而下之。结构固然处理得不错，但全然没有小说应有的张弛起伏，完全平铺直叙。

| 棒球场 |

当然，我不处于能够就他人的小说创作做出决定性判断的立场，可我也看得出，他的小说带有的缺点属于相当宿命的那类缺点。总之是无法修改。小说里只要有一处特别出色的地方，便有可能（在原理上）以此为制高点提升到小说水平。问题是他的小说里没有这个。拿任何一部分看都平板板一般化，缺乏拨动人心弦的地方，但这些又不宜向见都没见过的人直言不讳。于是我写了封短信连同原稿给他寄去，信里大致是这样说的：小说非常有趣。删去多余的说明性部分认真加工修整一下之后，我想应征投给某家杂志的新人奖是妥当的。更具体的评论则超出我的能力。

一星期后他打来电话，说他虽然自知给我添麻烦，但还是希望一见。并说他二十五岁，在银行工作。银行附近有一家味道极美的鳗鱼店，想在那里请我一次，也算是对我写评语的感谢。我决定前往。一来船已坐了上去，二来看稿给人招待鳗鱼也让我觉得稀奇。

从字体和文章的感觉，我暗自料想他是个瘦削的青年。不料实际见面一看，却胖得出乎一般标准。话虽这么说，却也并非肥胖，只是肉的附着约略过分那个程度。脸颊鼓鼓的，额头很宽，蓬松松的头发从中间往两侧分开，架一副细边圆眼镜。整体上显得整洁利落，富有教养，衣装的情趣也无可挑剔。这方面不出所料。

我们寒暄后在小卡座相对落座，喝啤酒，吃鳗鱼。这当中几乎没提小说。我夸他的字。一夸他的字，他显得喜不自胜。他随后讲起银行工作的内幕。他的话极为有趣，至少比读他的小说有趣许多。

"小说的事已经可以了。"交谈告一段落时，他辩解似的说道，"说实话，您寄回原稿后我又慢慢重看了一遍，自己都觉得不怎么样。改一改或许局部上能稍微好些，但同我想达到的效果相比，简直天上地下。本来不是那个样子的。"

"实有其事来着？"我愕然问他。

"嗯，当然实有其事。去年夏天的事。"他一副理所当然的神色，"除了实有之事，别的我也写不出。所以只写实有之事。从头至尾全是现实中发生的事。可是写完一看，竟没有现实感。问题就在这里。"

我回答得含糊其辞。

"看来我还是就这么做银行职员为好。"他笑道。

"不过作为故事确实够独特的，没以为实有其事。我以为全是

| 棒球场 |

凭空想象呢。"我说。

他放下筷子,盯视了一会儿我的脸。"说倒说不好,我就是时不时有莫名其妙的体验。"他说,"虽说莫名其妙,也并不是说不着边际,说不莫名其妙也就不怎么莫名其妙了。但对我来说,事情还是有点莫名其妙的,同现实多少有些游离,也就是说,同在新加坡海滨餐馆吃蟹吐出虫子来而女孩却太平无事安然入睡那件事差不多。说怪就怪,说不怪就不怪。是吧?"

我点点头。

"那样的事我有很多很多,所以才想写小说。题材上手到擒来,按理多少都应当写得出。可实际一动笔,我就觉得小说不该是这样子的。假如拥有一大堆有趣题材的人就能写出一大堆好的小说,那么小说家和金融业就没了区别。"

我笑了。

"不过能见面还是挺好的。"他说,"许多事情都透亮了。"

"也没什么好感谢的。还是让我听一下你所说的**莫名其妙**的体验,哪怕一个也好。"我说。

他听了显得有点惊讶,喝一口杯里剩的啤酒,用纸巾擦了擦嘴角。"关于**我的**?"

"嗯。当然,如果你想为自己的小说创作留起来,那就另当别论了。"我说。

"不不,小说已经可以了。"说着,他在脸前摆一下手,"说是一点问题都没有,我喜欢说的,只是光说我自己有些不大好意思。"

我说我倒更喜欢听别人说,不必介意。

于是他讲起棒球场的故事。

"棒球场外场后面是一片河滩,河对面的杂木林里零星建了几座宿舍楼。地处离城区相当远的郊外,周围还剩有不少农田。一到春天,可以看见云雀在空中来回飞舞。不过我住那里的原因很难说有多少牧歌情调,而要现实得多庸俗得多。当时我被一个女孩迷得失魂落魄,但她对我似乎没怎么注意。女孩相当漂亮,脑袋聪明,总有一种让人难以接近的气氛。她和我同一年级,在同一个课外活动俱乐部。听她的语气,似乎没有特定的恋人,但实际上有没有我并不清楚,俱乐部其他人也对她的私生活一无所知。这样,我就打算彻底弄清她的生活情况。只要弄清她的种种情况,我便可能抓住

| 棒球场 |

什么把手,即使不成,至少也能满足我的好奇心。

"我按俱乐部名册上的地址,在中央线尽头一个车站下车,又乘上公共汽车,找到她的宿舍。宿舍楼是三层钢筋混凝土建筑,甚是像模像样。阳台朝南对着河滩,能望到很远很远的地方。河那边有座很大的棒球场,可以看见打棒球的人的身影,球棒击球声和喊叫声也能听到。棒球场再往前聚集着一些人家。确认她的房间在三楼左侧靠头之后,我离开宿舍楼,过桥来到河对岸。桥只在下游很远的地方有一座,过河花了相当长的时间。我沿着河的对岸往上游走,在女孩宿舍楼对面停住,打量她房间的阳台。阳台上摆着几盆花草,一角放着洗衣机。窗口挂着花边窗帘。接着,我沿棒球场外场的围栏从左面往三垒那边转去,发现三垒旁边正合适的位置有一座破旧不堪的宿舍。

"我找到宿舍的管理员,问二楼有没有空房间。也巧,时值三月初,几个房间空在那里。我一个一个转,选中一个正中下怀的房间,决定在那里住下。那当然是能整个儿望见她房间的位置。那个星期我就收拾好东西搬了过去。由于是旧建筑,窗口又是东北向,房租便宜得惊人。之后我回家——我家在小田原,我总是周末回去——求父亲借来一个大得出奇的相机长焦镜头,用三脚架支在窗前,对好焦距,以便能看到她的房间。起初我并没打算偷看,但心血来潮地想起用长焦镜头看看,真的试着一看,房间里的情景竟清晰得难以置信,简直像捧在手上看一样,连书架上的书名都几乎历历在目。"

他停了一下,把烟头戳进烟灰缸碾灭。"怎么样?最后讲完?"

"当然。"我说。

"新学期开始她回到宿舍。我得以淋漓尽致地观察她的生活。她宿舍前面是河滩,再往前是棒球场,加之房间在三楼,不可能想到自己的生活会给什么人看到。我的算盘打得一点不错。一到晚上她就随手拉上花边窗帘,但房里面一开灯,那东西便毫无用处。我可以尽情尽兴地观看她的生活情形、她的身体。"

"拍照了?"

"没有,"他说,"没有拍照。我觉得干到那个地步自己会肮脏到极点。当然,光看也可能是相当肮脏的,但还是要划一道界线才行。所以没有拍照,光是悄悄地看。不过,一一观看女孩生活,确实让人觉得心里怪怪的。我没有姐妹,又没怎么同特定的女孩深入

| 棒球场 |

交往过,根本不晓得女孩平时的生活是怎么个样子。所以许多光景都让我吃惊,给我不小震动。详细的不太好说出口,总之感觉上很怪。这您明白吧?"

我想我明白,我说。

"那种情形,朝夕相处当中或许会慢慢习惯的,但一下子跳进突然扩大的镜头里边,就觉得相当怪异。当然,我知道世间喜好这种怪异的人也为数不少,可我不是那一类型。观看之间我感到很悲哀,透不过气,于是在连续窥看了大约一个星期后,我决定作罢。我把长焦镜头从三脚架上卸下,连同三脚架一起扔进壁橱,然后站在窗边往她宿舍那儿看。外场围栏稍稍往上一点——在右侧与场中心正中间那里,闪出了她宿舍的灯光。如此观看的时间里,我得以对人们种种样样的日常活动产生几分亲切感,并且心想到此为止吧。她没有特定恋人这点通过一个星期的观察已基本明了,现在若把各种事情忘去脑后还可以原路退回。就是说,不妨明天就邀她赴约,发展顺利的话说不定可以成为一对情侣。问题是事情的进展并不那么简单。因为我已经无法不窥看她的生活了。每次看见棒球场对面那朦朦胧胧的宿舍灯光,自己体内那想要放大它刻录它的欲望便急速变大——这点我很清楚——而自己的意志力不足以将其压制下去,恰如舌头在口腔内迅速膨胀以致最后窒息而死。怎么说呢,那既是一种两性情感,又是非两性情感。感觉上我身上的暴力性简直就像液体一样从每个毛孔中渗出,任何人恐怕都无法使其中止下来,甚至我自己以前也没能认识到那种暴力性就在体内。

"这样,我把长焦镜头和三脚架重新从壁橱里拖出来,像上次那样支好,继续看她房间。没办法不那样做。窥视她的生活似乎已成为我身体功能的一部分。所以,如同眼睛不好的人摘不掉眼镜,电影中的杀手离不开手枪,我的生活已经离不开用相机取景框摄取的她的活动空间了。

"不用说,我对世上其他诸多事物的兴趣也一点点失去了。学校也好俱乐部也好都几乎不再去了,网球啦摩托啦音乐啦过去相当着迷的东西也渐渐变得无所谓,和同学的交往也大为减少。俱乐部所以不去,是因为同她见面渐渐让我感到难受起来。同时也是因为有恐惧感,生怕她突然把手指对准我,在大家面前说道'你干的勾当我全部晓得'。当然,我知道这样的场面不可能实际出现。因为,假如她觉察到我的行为,在说三道四之前肯定先拉上厚得多的

| 棒球场 |

窗帘。然而我还是难以逃出噩梦,担心我的缺德行径——是缺德行径,显然是——在众人面前暴露无遗,遭到大家的攻击和鄙视,被社会所抛弃。实际上我也不知做了多少次这样的梦,浑身冷汗一跃而起。这么着,学校也几乎不去了。

"衣着上面也全然不用心思了。**性格**上我原本是喜欢整洁利落的,而现在这也为之一变,一件衣服一直穿到污秽不堪为止。胡子不及时刮,理发店也不去,结果弄得房间一股腐臭味儿。啤酒罐、速食品空盒以及随手到处乱碾的烟头之类扔得满房间都是,就好像被风刮到一起的垃圾堆一样,我就在那里面追踪她的身影。如此过了三个月,暑假来临了。暑假一到,她就急不可耐似的返回北海道父母家去了。我一直用长焦镜头追看她往回家用的旅行箱里装书装笔记本装衣服的作业场景。她拔掉电冰箱电线插头,关掉煤气总开关,检查窗扇是否关严,打了几个电话,然后离开宿舍。她离开后,全世界都变得空空荡荡了。她身后什么也没留下,仿佛大凡世界所需要的东西全被她席卷一空。于是我成了空壳。有生以来我还从未感到那般空虚,就好像心中拉出的几条线被人一把抓住又拼命扯断了。胃里阵阵作呕,什么都思考不成。我是那么孤独,觉得自己正一瞬接一瞬地被冲向更为凄惨的地方。

"不过与此同时,我打心底舒了口长气。归根结蒂我是获得了解脱。她的离去,使我得以从原来以自身力量死活奈何不得的泥潭中挣脱出来。两个念头——企图更深入更彻底地放大她生活情景的念头和想自我解脱的念头——在我体内朝截然相反的方向拉动,致使我在她走后的几天里惶惶不可终日。但这几天过去以后,我多少趋于正常。我洗了澡,去了理发店,清扫了房间,洗了衣物。这么着,我渐渐找回原来的自己。由于找得太轻而易举了,以致我很难相信自己本身——**原来的自己到底算什么呢?**"

他笑笑,双手在膝头合拢。

"整个暑假我都在用功。由于没怎么去学校,我的学分已是风中残烛。当务之急是必须在开学初的上学期考试中取得相当可观的成绩以便弥补出席率的不足。我回到家中,几乎足不出户地准备考试。这时间里我渐渐把她忘掉了。及至暑假即将结束,我发觉自己对她已不像过去那样痴迷了。

"解释是解释不好,总之我想窥视这种行为大约会使一个人陷入精神分裂性状态之中——也可能**由于放大**这一说法更为合适。具

| 棒球场 |

体说来就是：在我的长焦镜头中她分成两个，即她的身体和她的行为。当然，通常的世界里是通过身体动作产生行为，是吧？然而在被放大的世界里不是那样。她的身体是她的身体，她的行为是她的行为。细看之下，似乎她的身体在那里静止不动，而她的行为是从镜头外面赶来的。这样一来，我势必开始思索她究竟是什么。是行为是她？还是身体是她？而其正中间则整个脱落。说明白些，无论从身体还是从行为看来——只要这么分割来看——人这一存在都绝对不是有魅力的东西。"

说到这里，他止住话头，又要了瓶啤酒，倒进我的杯和自己的杯里。他啜一两口啤酒，之后沉思似的默不作声。我抱臂等待下文。

"九月，我在学校图书馆突然碰上了她。她晒得黝黑黝黑，显得极有活力。她主动跟我打招呼。我不知如何是好。她的乳房和阴毛，以及每晚睡前做的体操、立柜里排列的她的衣服——这许许多多的镜头一齐涌上我的脑海，感觉上就好像自己被狠狠击倒在泥泞的地面，脸被使劲踩入泥坑，心里十分不快，腋下沁出汗来。我完全清楚这样的感觉是不公平的，但我束手无策。'好久不见了，'她说,'大家都担心着呢,你一直没有露面。'我说得了点小病,不过不要紧了。'那么说,真像是瘦了。'她说。我条件反射地摸了下自己脸颊。不错,我是觉得当时比往日瘦了两三公斤。随后我们站着聊了几句,全是某某怎么样了某某做什么之类无谓的话。那时间里我在想她右侧腹部的痣,继而想她穿紧身衣时用宽大的收腹带勒紧肚子和屁股的情景。她问我午饭吃了没有,我本来没吃却说吃了,况且反正没什么食欲。她又说那么喝杯茶什么的,我看了眼表,说很遗憾约好借同学复印的笔记。我们就这样分别了。我浑身汗水淋淋,衣服湿透了,湿得一把能挤出一洼水,不得不去体育馆冲淋浴,在学校小卖店买新内裤换上。事后我马上退出了俱乐部,那以后几乎再未和她相见。"

他又点上一支烟,津津有味地吐出。"过程就是这样,不是可以给谁都能说的事。"

"后来也在那宿舍住来着?"我问。

"是的,在那里住到年底。但窥视停了下来,望远镜也还给了父亲。那种欲望就像什么附着物落地一样无影无踪了。夜晚我时不时坐在窗边观望棒球场对面她宿舍那小小的灯光,怔怔地打发时间。小灯光是十分有味道的。每次从飞机窗口俯视地面时我都心想：小小的灯光是多么美好多么温暖啊！"

他嘴角依然挂着微笑，睁开眼看我的脸。

"现在我都清楚地记得最后和她说话时汗水那黏黏糊糊的感触和讨厌的气味儿。唯独那场汗我再不想出第二次了——我是说如果可能的话。"他说。

猎刀

海湾里有两个平坦小岛般大的浮标横排在一起漂浮着。从岸边到浮标，自由泳需挥臂五十下，从浮标到浮标则需三十下。距离正适合游泳。

以房间来说一个浮标大约有六张榻榻米大小，仿佛双胞胎冰山晃悠悠地浮在海面。海水总的说来清澈得近乎不自然。从上面看，甚至可以真切看见连接浮标的粗铁链及其端头的混凝土系链石。水深约五六米。没有可以称之为波浪的像样波浪，因此浮标几乎不摇不摆，就好像被长钉牢牢钉在海底一般安然不动。浮标一侧有一架爬梯，表面平整整地铺着绿色人造草坪。

站在浮标上往岸边望去，可以望见长长地横亘着的白色沙滩、涂成红色的安全监视台、一字排开的椰树绿叶。风景甚是了得，不过总有点像明信片。但现实毕竟是现实，挑剔不得。沿海岸线一直往右看，沙滩尽头开始有粗糙不堪的黑色岩石显露的那个地方，闪出我下榻的别墅式宾馆。宾馆是座白色外墙的双层建筑，屋顶颜色要比椰树叶稍微浓些。时值六月末，还不到旅游旺季，海岸上人影屈指可数。

浮标上空成了飞往美军基地的军用直升机的通道。它们从海湾径直飞来，从两个浮标正中间飞过，穿过椰树队列朝内陆方向飞去。直升机飞得很低，凝目甚至可以看见飞行员的脸。机身为深色调的橄榄绿，鼻端探出昆虫触须般的笔直的天线。不过，除去军用直升机的飞行，这片海岸还是安静而平和的，几乎能让人昏昏睡去。

我们的房间在这两层楼建筑的一楼，窗对着海岸。紧挨窗下是开得正盛的类似杜鹃花的红花，前面可以看见椰树。院里的草坪修剪得整整齐齐，呈扇状摇头的淋水管"咔嗒咔嗒"发出催人打盹的声响整日往周围洒水。窗框为久经日晒的与四周谐调的绿色，百叶窗帘为稍带绿色的白色。房间墙壁上挂着两幅高更的塔希提的画。

别墅分四个房间，一楼两个，二楼两个。我们隔壁住着母子两人，似乎我们来之前便一直住在那里。我们最初到这宾馆在总台办理入住手续领取钥匙搬运行李的时间里，这对文静的母子面对面坐在大厅软绵绵的沙发上看报。母亲也好儿子也好都各自手拿报纸，目光扫遍报纸的边边角角，仿佛要把已确定的时间人工抻长。母亲年近六十，儿子和我们同代，不是二十八就二十九，两人都脸形瘦削、宽额头、嘴唇闭成一条直线，迄今为止我还没见过长相如此相像的母子。作为那个年代的妇女，母亲个头高得惊人，腰背直挺挺拔地而起，手脚动作轻快敏捷。感觉上两人穿的都是做工精良的西服套装。

从体形推测，儿子大概也和母亲同样，个头相当高，但实际高到什么程度我不清楚，因为他始终坐在轮椅上，一次也没站起，总是由母亲站在后面推那轮椅。

每到晚间，他便从轮椅移坐沙发，在那里吃通过客房服务要来的晚饭，然后看书或做别的什么。

房间里当然有空调，但母子俩从不打开，总是敞开门，让清凉的海风进来。我们猜想大约空调对他的身体不利。由于进出房间必然经过两人门口，每次我们都不能不瞧见他们的身影。门口倒是挂有竹帘样的遮帘，大致起到挡视线的作用，然而差不多所有的剪影仍不由分说地闪入眼睛：两人老是对坐在一套沙发上，手里拿的不是书就是报纸杂志之类。

他们基本上不开口，房间总是像博物馆一样静悄悄的，电视声都听不到，几乎可以听见电冰箱的电机声。音乐声倒是听见过两次。一次是夹带单簧管的莫扎特室内乐，另一次是我所不知晓的管弦乐曲，估计是理查德·施特劳斯或与其相关的什么人的，听不大明白。除此之外，其他时间真可谓悄无声息。看上去与其说是母子，莫如说更像老夫妻住的房间。

在餐厅、大厅、走廊和院子步道上，我们时常同这对母子相遇。宾馆规模本来就小，加上不到旅游旺季客人数量不多，所以情愿不情愿都要看到对方。相遇时，双方都不由自主地点头致意。母亲和儿子的点头方式多少有别，儿子点得很轻，只微动下颌和眼睛，母亲则相当正规。但不管怎样，两人给人的点头印象都差不多，始于点头止于点头，绝不向前延展。

宾馆餐厅里，我们同这对母子即使相邻也一句话都不说。我们说我们两人的，母子说母子两人的。我们谈的是要不要小孩、搬家、欠款、将来工作等等。对我们两人来说那是我们"二字头"的最后一个夏天。至于母子谈的什么我不知晓。他们一般不开口,开口也声音极低——简直像在使用什么读唇术——我们根本无法听清说的什么。

另外就是他们进餐时实在安静得很,就像手捧什么易碎物件似的轻手轻脚,甚至刀叉声和喝汤声都几乎听不到。为此,我时不时觉得他们的一切都是幻影,担心回头往身后餐桌上看时一切都杳无踪影。

吃罢早餐,我们每天都带上小冰箱(icebox)走去海滨。我们把防晒油涂在身上,歪倒在沙滩垫上晒太阳。这时间里我边喝啤酒边用收录机听"滚石"或马文·盖伊(Marvin Gaye),她重看了一遍《飘》的袖珍本。太阳从内陆消失,沿着同直升机相反的路线沉入水平线。

每到两点左右,轮椅母子便来到海滨。母亲身穿色调沉稳款式简洁的半袖连衣裙,脚上是皮凉鞋,儿子则是夏威夷衫或Polo衫和棉布长裤。母亲戴一顶白色宽檐草帽,儿子不戴帽子,架一副雷朋深绿色太阳镜。两人坐在椰树荫下，别无他事地静静看海。叶荫移动，他们也随之稍稍移动。他们带一个便携式银色的壶，不时从中往纸杯里倒饮料喝，什么饮料我不知道。也有时候吃苏打饼干什么的。

两人有时不出三十分钟就撤去了哪里，也有时候静待三个小时。我游泳时有时身体会感觉到他们的视线。从浮标到那排椰树有相当长一段距离，因此有可能是我的错觉。不过爬上浮标往椰树树荫那边望去，的确觉得他们是在看我。那银色的壶不时如刀刃一般刺眼地一闪。趴在浮标上半看不看地看他们的身影，有时觉得距离的平衡正渐次失去，而只要略一伸手他们即可触及我的身体，甚至以为自由泳游五十下那点距离的冷水是毫无意义可言的存在。至于何以有那样的感觉，我自己也不知道。

一天天时间便是这样如高空流云般缓缓逝去。一天与一天之间没有可以明确区分的特征。日出，日落。直升机在天上飞。我喝啤酒，游泳。

离开宾馆前一天的下午，我游了最后一个单人游——妻正睡午觉，我一个人来游。由于星期六的关系，海滩上人影比平时略有增多，但还是空旷得很。数对男女躺在细沙上晒太阳，一家老少在水边戏水，若干人在距岸边不很远的地方练习游泳。大约来自海军基地的一伙美国人把绳子系在椰树上打起了沙滩排球，他们全都晒得黑黑的，个子高高的，头发剪得短短的。士兵这东西任何时代都一个模样。

四下望去，两个浮标上不见人影。太阳高挂，天空中一片云絮也没有。时针转过两点，可是轮椅母子仍未出现。

我把脚踩进水里，朝海湾那边走到水深及腰的地方，然后开始朝左边的浮标自由泳。我放松双肩，像要把水裹在身上似的缓缓游动。不存在任何游得快的理由。我把右臂从水中拔出，笔直伸向前去，再拔左臂伸出。伸左手时把脸从水中抬起，把新鲜空气送入肺腑。溅起的水花被阳光染成白色。一切都在我四周灿灿生辉。我像平时那样边游边数伸臂次数，数到四十往前一看，浮标已近在眼前。之后正好游了十下，左手尖触在了浮标侧板，一如平时。我就势在海里飘浮片刻，调整呼吸，然后抓住梯子爬上浮标。

想不到浮标上早已有人，一个满头金发的胖得甚为可观的美国女子。从岸上看时似乎浮标上没有人,那大概是因为她躺在浮标最后端而难以发现,或者我看时她正在浮标阴影里游泳亦未可知。但不管怎样,反正她此刻趴在浮标上。她身穿一件轻飘飘的不大的红颜色比基尼,活像农田中插的提醒人注意农药的小旗。她的确胖得滚圆滚圆,比基尼更显得小了。来游泳的时间大概不长,皮肤如信纸一样白。

我滴着水滴爬上浮标,她略略抬眼看了看我,又闭上眼睛。由于她躺着,我便坐在相反一侧,两脚探进水里眼望海岸风景。

椰树下仍不见那对母子。椰树下也好其他哪里也好,都没有两人身影。无论在海岸什么地方,那辆一尘不染的银色轮椅都会径自闪入眼帘,不可能看漏。由于平时每到两点他们便准确无误地现身海岸,今天找不见他们我便觉得心里空落落的。习惯这东西真是不可思议。要素只要缺一点点,感觉上就好像自己被世界的一部分所抛弃。

也许两人已经退房返回他们原来所在的地方(无论哪里)。问题是刚才午饭时间在宾馆餐厅见面时根本看不出他们有那样的意思。两人慢悠悠地花时间吃"本日特别推荐",吃罢儿子喝冰红茶，母亲吃布丁，不像马上要打点行装的样子。

我学那女子的姿势趴下，倾听微波细浪拍打浮标侧板的声音，晒了十分钟太阳。白色的海鸟如用格尺在空中画线一般笔直朝陆地飞去。进入耳中的水滴在太阳光下一点点变热。午后强烈的阳光变成无数细针倾泻在陆地和海面。身上沾的海水蒸发之后，马上浑身冒汗。

热得受不住了抬头一看，原来女子已经起身，正双手抱膝看天。她和我同样大汗淋漓。红色的小比基尼深深吃进胀鼓鼓的白肉，圆圆的汗珠如爬满猎物的小虫遍布其四周。肚子围了一圈宛如土星光环的脂肪，手腕和脚腕的凹陷处险些消失不见。看上去她大我几岁，当然差别没那么明显，也就差两三岁吧。

女子的肥胖并不给人以不健康的印象，脸形也不坏，只是肉过多罢了。一如磁石吸引铁粉一般，脂肪极其自然地附在她的肢体上。她的脂肪从紧贴耳轮下开始，以徐缓的坡面下至肩头，径直连往臂腕的鼓胀部位，恰如米其林轮胎广告上的米其林宝宝。她的这种胖法使我想起某种宿命性质的东西。世上存在的所有倾向无不是宿命性疾患。

"热得不得了吧?"女子从对面一侧用英语打招呼。声音很高,略带亲昵味,一如大多数胖女人。声音低沉的胖女人我没怎么见过,不知何故。

"的确。"我回答。

"嗳,知道现在几点了?"女子问。

我把视线投向海滨——也没什么大不了的含义——说道:"两点三十分或四十分,也就那样吧。"

女子兴味索然地"噢"了一声,随后手指弄成**木铲**状,揩去鼻头和两侧鼓起的脸颊上的汗珠。看样子时间几何跟她没多少关系,只不过想问点什么罢了。时间纯属独立存在,可以如此独立对待。

作为我本想钻进冷水游去另一个浮标,又不愿意被她看成回避同她说话,于是决定稍等片刻。我坐在浮标边缘,等对方开口。如此静坐不动,汗水便钻入眼睛,咸得眼球一跳一跳地痛。且阳光极厉害,皮肤绷得紧紧的,到处都像要裂开似的。

"天天都这么热?"女子问。

"是啊,一直是这个样子。今天万里无云,就更热了……"我说。

"在这里住好久了吧,你?都晒得那么黑了。"

"九天了,大致。"

"晒得真够意思。"女子一副钦佩的样子,"我昨晚刚到。到时正下急雨挺凉快的,没想到竟变得这么热。"

"晒得太急,往后吃不消的。得时不时到阴凉处去一下才行。"我说。

"我住的是军人家属专用别墅。"她未理会我的忠告,"哥哥是海军军官,问我来不来玩儿。海军真是不坏,随便你怎么吃,服务又周全。我当学生时越战打得正紧,亲戚中有职业军人挺不光彩的。世道这东西说变就变。"

我点了下头,未置可否。

"说起海军,我的前夫也是海军出身,海军航空队,喷气式飞机驾驶员。美联航(United Airlines)你知道吧?"

"知道。"

"他从海军退伍后,当上那里的飞行员。我当时是空姐,就好上了,结了婚。那是一九七○……多少年了?总之是六年前的事了。啊,常有的事。"

"是吗?"

"是的。航空公司机组人员上下班时间全无章法,同伙人无论如何都要搞到一起。毕竟神经运行同一般人不太一样。这样,我结婚不工作后,他又跟别的空姐搞上了。这种事也常有的。从空姐到空姐,一个接一个。"

"现在住哪里呢?"我换了个话题。

"洛杉矶。"她说,"你去过洛杉矶?"

"NO。"

"我出生在洛杉矶。后来因父亲工作关系搬到盐湖城。盐湖城可去过?"

"NO。"

"是不该去那种地方的。高中毕业上了佛罗里达一所大学,大学毕业去了纽约市。婚后去旧金山,离婚又返回洛杉矶。最终回到原地。"说着,她摇摇头。

这以前我从未见过胖得像她这般厉害的空中小姐,觉得颇有点不可思议。体格好得如摔跤选手的空姐、胳膊粗硕并生一层薄薄胡须的空姐倒是见过几次,而胖得如此臃肿的却是头一遭。不过也许美联航对此不甚介意，或者当时比现今苗条亦未可知。的确，她若瘦些有可能是位迷人的女性，我推测。想必她是婚后落到地上如气球般陡然肥胖起来的，胳膊腿简直如夸张变形的纯白艺术照一样白花花胀鼓鼓地隆起。

如此之胖会是怎么一种感觉呢？我思考了一下。但太热了，热得我什么都思考不成。世上有适于想象力的气候和不适于的气候。

"你住哪儿？"女子问我。

我手指自己住的别墅告诉了她。

"一个人来的？"

"不是，"我摇摇头，"和老婆一起。"

女子嫣然一笑，略略歪起脖子。

"新婚旅行？"

"结婚六年了。"我说。

"嚄，"她说，"看不出有那个年纪嘛，你。"

我觉得不大自在，换个姿势再次往岸边望去。红漆监视台依然没有人影。游泳的人数少，监视游泳安全的青年人肯定无聊得很快去了哪里。他不在后便挂出一块牌子，写道"安全员不在安全责任自负"。安全监视员是个晒得黝黑的沉默寡言的小伙子,我问他这一带有无鲨鱼,他默然看了一会我的脸,双手分开八十厘米,大概是说有也不过那么大。于是我放心大胆地独自游来游去了。

轮椅母子还是没有出现。他们平时坐的那条长椅上坐着一个穿白色半袖衫的看报纸的老人。美国人仍在打沙滩排球。小孩子们在水边筑沙城或互相撩水嬉戏。海浪在他们周围化为细小的水沫溅开。

一会儿,海湾那边飞来两架橄榄绿直升机,就好像希腊悲剧中带来重大悲剧消息的特使,带着轰轰隆隆的声响煞有介事地飞过我们头顶,消失在内陆方向。这时间里我们缄默不语,只管用眼睛跟踪那巨大的飞行物。

"嗳,从空中那么俯视我们,我俩想必显得幸福至极吧?"女子说道,"平和得很,快活得很,无忧无虑,就好像……对了,像合家欢照片似的。不那么认为?"

"有可能。"我说。

之后我抓住合适时机向她告别,跳进海往岸边游去。游的过程中我一直在想小冰箱里的冰镇啤酒。中途停下来回头往浮标上看去，她朝我挥了挥手，我也轻轻挥手。从远处看，她俨然真正的海豚，真担心她就此生出鳃来钻回海底。

回房间稍睡了个午觉，六点在食堂一如往日吃晚饭。没见到那对母子。从餐厅回来时两人的房间不同平日，门关得紧紧的。镶着磨砂玻璃的不大的凹窗倒是有灯光透出，但我无法判断两人还在不在。

"那两人已经退房了？"我问妻。

"退没退呢，没注意。原本人就安静，没怎么留意，不清楚。"她一边叠起连衣裙往旅行箱里放一边兴味索然地说，"那又怎么？"

"也不怎么。只是两人都例外地没在海边出现，心里有点犯嘀咕。"

"那，可能退房走了吧。像是住了相当一些日子了。"

"是吧。"我说。

"迟一天晚一天大家都要撤回到哪里去的。这样的生活不可能永远持续下去。"

"是啊。"我应道。

她合上旅行箱盖,放到门旁。旅行箱仿佛什么的影子,安安静静蹲在那里。我们的休假即将过去。

一醒来我就看枕边的旅行钟,涂着绿色夜光粉的长短针指在一时二十分。我醒来是因为异常剧烈的悸动,简直就像整个身体都被摇动起来。往心口窝一看,胸部肌肉正一颤一颤地抖动,虽在夜间也清晰可见。这样的体验我是第一次。我的心脏一直好得出类拔萃,脉搏次数比一般人少得多。喜欢运动,病从不沾身。所以,胸口如心脏病发作一样大起大落原本是不应有的事。

我下床在地毯上盘起腿,腰笔直挺起,深深吸气,吐出。又放松双肩,把注意力集中在**肚脐**那里。这类似以舒缓身体为目的的伸展运动。如此反复几次,悸动一点点减弱,稍顷退回到平日那种若有若无的须相当注意才感觉得出的微颤。

我猜想是游泳游过头了,加上强烈的阳光和长期的疲劳——几种因素加在一起,致使身体一瞬间发生了摇动。我背靠墙,双腿伸直,手脚往各个方向缓缓移动。概无异常。心脏跳动也彻底复原。

尽管如此,在这别墅房间的地毯上我还是不能不认识到自己已经穿过青年阶段而步入体力退潮时期。诚然我还年轻，但那已不是了无阴翳的年轻——就在几星期前已被常去看病的牙科医生所指出。"就牙来说，往下不过是磨损、晃动、脱落的过程而已。"牙医说，"这点你要牢牢记住。你所能做的仅仅是多少推迟它。防止是不可能的，只能推迟。"

妻在从窗口泻入的莹白的月光下酣睡，竟如断气一般，连个呼吸声也没有。说起来她总是睡成这副样子。我脱去汗水浸透的睡衣，换上新短裤和T恤，然后把桌面上的袖珍瓶"野火鸡"（Wild Turkey）揣进口袋，为了不惊醒妻子，轻轻开门走到外面。夜晚的空气凉瓦瓦的，地表潮乎乎的草叶气息如雾霭弥漫开来，让人觉得简直像站在巨洞的洞底。月光把花瓣、硕大的叶片和院子的草坪染成截然有别于白天的颜色。就像透过过滤网观看世界，那颜色有的格外光鲜，有的融入死气沉沉的灰色。

不困。意识清醒得如冰冷的陶瓷，仿佛压根儿就不存在什么睡眠。我绕着别墅信步转了一圈。四下阒无声息，除涛声外别无声音入耳。就连涛声若不竖起耳朵也难以听清。我止住脚步，从口袋里掏出威士忌，对瓶嘴喝了一口。

绕别墅转罢一圈，我从院子草坪——在月光下看去犹如结冰的圆形水池的草坪——正中直线穿过，而后沿及腰高的灌木墙走上一小段石阶，来到一间颇有热带情调的花园酒吧。我每晚都在这里喝两杯伏特加汤力。当然此时门已关了，只见凉亭风格的鸡尾酒屋落着卷帘门，院子里散乱地扔着十几张圆桌。收成一条直杆的圆桌遮阳伞俨然敛羽歇息的巨大的夜鸟。

坐轮椅的青年单肘挂着这样的圆桌，正一个人看海。轮椅的金属吸足了月光，闪着如冰的白光，从远处看，活像一架专为夜晚安置的用途特殊的精密金属机器。车轮上的钢条犹如进化异常的野兽牙齿，在黑暗中闪着不吉祥的光。

目睹他孤零零地独处还是第一次。我已经极为自然地把他的形象和他母亲的形象融为一体了，所以见他只身一人便不由心生诧异，甚至觉得目睹这一光景本身都有失礼节。他一如平日穿一件橙黄色夏威夷衫、一条棉布长裤，全身纹丝不动，以同一姿势定定地看海。

我略一迟疑，决定尽可能不惊动他，从能进入他视野的方向缓缓朝那边走去。走到离开两三米远时，他朝我这边转过脸，像往常那样点一下头。

"晚上好。"我声音很低,以免打破夜的寂静。

"晚上好。"他也低声寒暄。

我拉过他旁边桌子的园椅,弓身坐下,往他所看的那个方向看去。海岸上,如被掰下半边的松饼一样的、长满尖尖矮矮锯齿的岩地一直铺陈开去,不是很大的海浪扑在上面。海浪在岩石之间如别致的时装饰边一般白闪闪地四下溅开,旋即退下阵去。饰边形状不时出现微妙的变化,而波浪的大小本身却如规尺测出一般整齐划一。波浪没有堪称特征的特征,如钟摆一样单调而忧郁。

"今天没在海滨见到啊。"我隔着桌子搭话。

他双手交叉在胸前,转向我。

"嗯,是的。"他说。

接下去他沉默片刻,只是静静地呼吸。听呼吸声他仿佛睡了过去。

"今天一直在房间休息。"他说,"因为母亲情况不好。话虽这么说,也并非身体情况具体有什么不好。总之是精神上的。或者说神经上的,神经亢奋。"

如此说罢,他用右手中指肚擦了几下脸颊。尽管时值深夜,但他脸颊上没有胡须变长的形迹,一如光溜溜滑润润的瓷器。

"不过已经不要紧了。母亲现在睡得正香。她这点和我的腿不同,只要睡上一夜就会恢复过来。当然不是说彻底根除,但现象上基本没问题。一到早上就有精神。"

他又缄口不语,时间大约是二三十秒或一分钟。我把在桌底下架起的双腿分开,寻找撤退时机。我觉得自己好像经常在生活中寻找撤退时机,大概是性格使然吧。然而没等我开口,他又讲了起来。

"这种话没什么意思吧?"他说,"对健康人谈有病的事,的确是够自讨没趣的了。"

哪里,我说,一切完好无损百分之百的健康人世上根本没有。我这么一说,他轻轻点头。

"神经病症的表现方式是千差万别的。原因只一个,结果却无数。好比地震,释放能量的质是同样的,但由于释放位置不同,地面表现绝对千差万别。有的地方一个岛冒出来,有的地方一个岛陷下去。"

他打了个哈欠。打完哈欠，道了声"失礼"。

他非常疲倦，看情形随时能睡过去。于是我说是不是该回房间休息。

"不，您别介意。"他说，"样子或许困，其实半点不困。我一天睡四个小时足够了，而且天快亮时才睡。所以这个时间一般都在这儿发呆，不必介意。"

如此说罢，他拿起桌面上的Cinzano烟灰缸盯住不放，俨然看一件什么宝贝。

"就母亲来说，怎么说好呢，一旦神经亢奋，左半边脸就慢慢僵硬。还变冷，以致口和眼睛无法活动自如。说奇妙也真是奇妙的症状。不过请您别看得过于严重——和致命的东西并没有什么直接关联，仅仅是症状，睡一觉就好。"

我点点头。

"还有，请您瞒着母亲，不要提起我说过这些话。母亲十分不乐意别人谈自己的身体。"

我说那当然，"再说明天一早我们就退房回去，已经没有说的机会了。"

他从衣袋里掏出手帕擤鼻涕,又将手帕放回。之后似乎联想起什么,闭了一阵子眼睛。仿佛去了哪里又返回的沉默持续有顷。我猜想他的心情一直忽上忽下。

"那可就寂寞了啊。"他说。

"遗憾。毕竟有工作等着。"

"不过有地方可回总是好事。"

"也得看回什么地方。"我笑道,"你在这里住很久了?"

"两个星期吧—— 也就那样。第几天记不大清楚了,差不许多。"

"往下还要住很久?"我问。

"这个么——"说着,他左右轻轻摇头,"一个月或两个月,就看情形如何了。我不知道的。就是说不是我决定的。姐姐的丈夫在这家宾馆有很多股票,我们住起来非常便宜。家父经营瓷砖公司,实际上将由姐姐的丈夫继承。说实话,我不大中意这位姐夫,但家族成员不可能由我挑选。再说我讨厌并不等于姐夫就是个叫人讨厌的人,因为不健康的人往往心胸极度狭窄。"

说到这里,他又闭上眼睛。

"总之他生产很多瓷砖,公寓大厅用的那种高档瓷砖,还有好多家公司的好多股票。一句话,**能干**。家父也这样。总而言之,我们——我的家族——明显分成两类:健康人与不健康人、有效益的人和无效益的人。所以作为结果,除此以外的标准势必模糊起来。健康人生产瓷砖、巧用财富、逃税漏税,养活不健康人。作为一种机制、一种功能性本身,倒是天衣无缝。"

他笑了笑,把烟灰缸放回桌面。

"都是人家定的——那里住一个月,这里住两个月!这么着,我就像下雨似的或去那边或来这里。准确说来,是指我和母亲。"

这么说罢,他又打个哈欠,目光转向海岸。波浪依旧机械地拍打着岩石。皎洁的明月已浮上离海面很高的地方。我觑了眼手腕想知道时间,但没有手表。手表忘在房间床头柜上。

"家庭这东西很有些奇妙,美满也罢不美满也罢。"他边说边眯细眼睛望海,"您也是肯定有家庭的吧?"

"可以说有也可以说没有,"我说。没有孩子的家庭,我不知能否称为家庭,说到底,家庭不过是有某种前提的契约罢了,我这么说道。

"是啊。"他说,"家庭这东西本质上是必须以其本身为前提的,否则机制就运转不灵。在这个意义上,我好比一面旗,也可以说很多事情都是以我不能动的腿为中心展开的……我说的意思您可理解?"

我想我理解,我说。

"我对这一机制的论点是:缺憾向更高级的缺憾冲击,过剩朝更高级的过剩跨进。德彪西提到自己歌剧的作曲迟迟不得进展时这样说道——'我每天忙于驱逐她制造的无'。说起来,我的工作就是制造这个无。"

他就此打住,再次陷入他失眠症式的缄默之中。唯独时间绰绰有余。他的意识在辽远的边境彷徨之后重新返回,但返回的落脚点同出发点似乎多少有些错位。

我从口袋里掏出小瓶威士忌置于桌面。

"喝点好么?杯子倒是没有。"我试着说。

"不,"他浅浅一笑,"我不喝酒的。水分那东西基本不摄取。您别有顾虑,一个人喝好了。我不讨厌看别人喝酒。"

我把威士忌从瓶口注入自己口中。胃里暖暖的,我闭目片刻,体味着暖意。他从旁边桌子定睛看着我。

"对了——也许我问得奇怪——对刀您熟悉么?"他突然说道。

"刀?"我惊愕地反问。

"嗯,刀。切东西的刀。猎刀。"

"猎刀我不太懂,若是野营用的不很大的刀和瑞士军刀倒是使过。"我回答,"当然,这不等于说我对刀具有多少详尽的知识。"

听我这么说罢,他用手转动轮椅的两轮,凑到我桌前,同我隔桌相对。

"其实我有把小刀想请您过目。大约两个月前弄到手的,但对这类东西我一无所知,所以想请谁看看,大体告诉我是怎么一件东西。当然我是说如果不打扰您的话。"

谈不上什么打扰,我说。

他从口袋里取出长约十厘米的木片,放在桌上。木片为浅褐色,呈很优美的弓形。往桌面一放,"通"一声发出有硬感和重感的声响。是一把折叠式小型猎刀。虽说是小型,但相当有宽度和厚度,东西甚是不俗。既为猎刀,应该大致剥得下熊皮。

"您别往怪处想。"青年说,"我不会用它伤害别人或伤害自己,绝没那个念头。只是有一天心血来潮,想刀想得不行。什么缘故不知道,也许是在电视或小说中看到刀的关系,这也记不确切了。但不管怎样,我就是想得到一把属于自己的刀,于是托熟人买了这把来。在体育用品商店买的。当然瞒着母亲,其他任何熟人也都不晓得我揣刀走来走去——我一个人的秘密。"

他从桌上拿起刀,在手心里托了好一会,就像要称出其微妙的重量,之后隔桌递到我手里。刀沉甸甸的。木片原来是为了防滑而镶嵌在黄铜上的,主体几乎全由黄铜和钢制成,所以才比看上去的有重量。

"请打开刀刃看看。"他说。

我推压刀柄上端的凹坑,用手指拽出有重感的刀刃。随着"咔嚓"一声脆响,刀刃牢牢固定。刃长八九厘米。作为刀刃固定后的刀拿在手里一看,我再次为其沉甸甸的重量而感到惊异。不是一般的重。重得很奇妙,好像被恰到好处地吸附在手心似的。上下左右用力一挥,我发现由于其自重之故刀柄几乎不抖,同手的动作竟那么如影随形。柄的弯曲度也堪称理想,和手心正相吻合。用力握也全然没有不自然的感触，松开手指也好端端地躺在掌中。

刃形也令人叫绝。厚墩墩的钢片切削得干净利落，腹部勾勒出仿佛弓身抽泣般的圆熟的曲线，刀背则为了"刺入"而呈粗犷有力的形状，甚至血槽都制作得一丝不苟。

我在月光下仔细察看，试着轻晃几下。一把款式与使用感完美结合的高级刀具。想必切东西也相当了得。

"好刀啊！"我说，"更多的我不知道，总之手感好、刀刃看上去结实、轻重适中，是件好东西。往下只要好好过一遍油，保你终身受用。"

"作为猎刀不太小点？"

"这么大足够了，太大反而不好使。"

我把刀刃"喳"一声折回，交还给他。他重新拉出刀刃，在掌心里灵巧地打个滚，颇有些像特技表演，但由于刀柄有分量，还是可以做到的。继而，他像瞄枪筒准星一样，闭起一只眼朝月亮笔直地伸出刀刃。月光把他的刀和他的轮椅历历显现出来，看上去俨然是捅破柔软肌肤的白骨。

"您不能切点什么？"他说。

无理由拒绝。我握刀在手，往近旁椰树干刺了几下，斜着削下树皮。又把游泳池旁的廉价泡沫塑料浮板利利索索地来了个一分为二。锋利无比。

我把周围大凡看到的东西一个又一个切开。切着切着蓦然想起白天在浮标上遇到的那个肥胖白皙的女子，觉得她那白花花胀鼓鼓的肉体宛如疲惫的云在空中飘浮。浮标、大海、天空和直升机作为失去远近感的混沌体将我围拢起来。我一边注意不让身体失去平衡，一边在空中静静地缓缓地划动刀刃。夜晚的空气润滑如油。没有任何物体阻碍我的动作。夜半更深，时间仿佛软绵绵水灵灵的肉体。

"我时常做梦。"青年说。他的语声听起来似乎是从深洞底部传上来的。"梦见一把刀正从脑袋里面对准记忆的软肉扎去。痛不怎么痛，只是扎罢了。各种各样的东西随后逐渐消失，只有刀如一节白骨剩下。就是这样的梦。"

KAITEN MOKUBA NO DEDDO HITO
by Haruki Murakami
Copyright © 1985 Harukimurakami Archival Labyrinth
All rights reserved.
Originally published in Japan by Kodansha Ltd., Tokyo.
Chinese (in simplified character only) translation rights arranged with
Haruki Murakami, Japan
through THE SAKAI AGENCY and BARDON-CHINESE MEDIA AGENCY.

图字：09－2000－471号

图书在版编目(CIP)数据

旋转木马鏖战记/(日)村上春树著;林少华译
．—上海：上海译文出版社,2021.9
 ISBN 978－7－5327－8801－9

Ⅰ.①旋… Ⅱ.①村… ②林… Ⅲ.①短篇小说—小说集—日本—现代 Ⅳ.①I313.45

中国版本图书馆 CIP 数据核字(2021)第 155686 号

旋转木马鏖战记
[日]村上春树 著 林少华 译
责任编辑/姚东敏 装帧设计/千巨万工作室

上海译文出版社有限公司出版、发行
网址：www.yiwen.com.cn
200001 上海福建中路 193 号
上海市崇明县裕安印刷厂印刷

开本 890×1240 1/32 印张 5.75 插页 2 字数 69,000
2021 年 10 月第 1 版 2021 年 10 月第 1 次印刷
印数：00,001—10,000 册

ISBN 978－7－5327－8801－9/I·5435
定价：48.00 元

本书中文简体字专有出版权归本社独家所有,非经本社同意不得连载、摘编或复制
如有质量问题,请与承印厂质量科联系。T: 021－59404766